潜在意識をコントロールする自己催眠術

催眠誘導研究所所長
林貞年

まえがき　確実に変化を起こす高等技術

世の中には、幸せになりたくて歯を食いしばるように頑張っているのに、まったく実らない人がたくさんいます。その一方で、それほど頑張っているわけでもないのに、幸せな人生を送っている人もいます。

また、裕福になりたくて一生懸命に働いているけれど、気の毒なほどに貧乏な人がいます。その一方で、自分のやりたいことをやりながら、裕福に暮らしている人もたくさんいます。

世の中には、自分の思ったとおりに生きている人と、思ったとおりには生きられない人が確かにいます。

この両者の違いは何でしょうか？

その答えはとてもシンプルです。

人生を思いどおりに生きている人は、**「潜在意識の法則に従って生きている」**人です。

人生が思いどおりにならない人は、**「潜在意識の法則に逆らって生きている」**人です。

本人が意識しているかどうかは別として、思いどおりの人生を送っている人は潜在意識に寄り添って生きています。

もし、あなたが現在の自分に不満を抱き、思ったとおりの人生を生きたいと願っているのなら、**潜在意識とコミュニケーションをとるための知識と技術**が必要です。

潜在意識は文字どおり潜在している意識であり、一般的には「無意識」と呼ばれています。

無意識であるがゆえに、通常は自分ではコントロールできません。

しかし、自己催眠という技法を使うことで、潜在意識とコミュニケーションをとり、自分の思ったとおりに生きることができるのです。

自己催眠というと、一般の方はテレビで観るいわゆる催眠術と混同してしまい、自分に暗示をかけることで勝手になりたい自分になれると思う人が少なくありません。

でも、実際の自己催眠はそんなに単純なものではなく、もっと**巧みで確実に変化を起こすことができる高等技術**なのです。

また、潜在意識といえば、自己啓発の世界などで「成功している自分を鮮明にイメージすれば、潜在意識に願いが届き、どんな願いも叶えてくれる」などとよく言われていますが、**成功イメージを鮮明に思い浮かべたからといって、潜在意識が願いを叶えてくれるほど、人は単純にはできていない**のです。

イメージを浮かべたぐらいで願いが叶うのならだれも苦労はしませんよね。

本書では、一般の方が抱いている潜在意識に対する誤解を払拭し、正しい知識と正しい自己催眠の方法を学んでいただきます。

そして**富も幸福も手に入れて、思いどおりの人生を送ることができる**あなたになっていただきます。

もしあなたが、自分の思ったとおりの生活をしていて、不満のない人生を送っているとしたら、この本は自己催眠の教科書にしかならないでしょう。

でも、あなたが幸せを望んでいるにもかかわらず、不幸な人生を送っているとしたら、この本は、**あなたを確実に幸福へと導く手引書**になります。

もしあなたが、自己啓発のセミナーなどに影響されて、「なりたい自分を鮮明にイメージすれば、やがてなりたい自分になれる」とか「『自分は一生お金に困らない』と潜在意識に暗示を与えれば、潜在意識が勝手にお金持ちにしてくれる」などといった話を信じ込まされているとしたら、この本は、**あなたを救い出す救世主**になるはずです。

本書で紹介する願望達成法は、催眠療法のノウハウを基にしています。

催眠療法といえば、やはり一般の方は、催眠療法士がクライアントに催眠をかけて、必要な暗示を与えて問題を解決するようなものだと思っています。

たとえば、訪問恐怖症のセールスマンに対して「今後、訪問の際には深呼吸を3回することで恐怖がなくなり、堂々と営業ができる」などと暗示を与える心理カウンセリングのようなものだと思っている人が少なくありません。

でも、実際の催眠療法ではこんなやり方は行なっていませんし、こんな暗示療法では治りません。**心の病気や恐怖症は暗示で治るほど簡単なものではない**のです。

貧乏から裕福になりたくて苦しんでいる人も、不幸から抜け出したくて苦しんでいる人も、心の病気で悩んでいる人と同じです。貧乏も不幸もある種の病気なのです。

恐怖症を克服するのが簡単ではないように、貧乏という病も、不幸という病も、科学的なプロセスを踏まえたやり方でなければ根本的に解決することはありません。

しかし、**催眠療法のプロセスに従えば、貧乏も不幸も心の病気と同じように治していける**のです。

なぜなら、**催眠療法は超能力や霊能力とは違う、れっきとした科学であり、心の無意識の領域に働きかける心理技術**だからです。

心を改善したい方も、夢を実現させたい方も、まずは自己催眠によって心の性質を変えていきましょう。心の性質を変えない限り、同じ毎日を繰り返すだけです。

この本にはあなたを変えるだけの力があります。読み終わった直後から人生が好転していくことを私はお約束します。

あなたに与えられた人生は一回だけです。

幸せになる科学的な技法を身につけて、一日も早く思ったとおりの人生を歩きだしてください。

第2章

あなたを変える自己催眠の技法

第3章

自己催眠習得にあたっての心掛け

第4章

潜在意識の性質と自己暗示

第5章

なりたい自分に変化するNIC成功法

第6章 願望を達成するリーディングシートの使い方

あとがき

第1章

自己催眠を使いこなすために知っておくべきこと

自己催眠についての誤解……いわゆる催眠術とは別物

催眠といえば、バラエティー番組でよく見かける「あなたは椅子から立ち上がることができない」「レモンが甘くなる」「自分の名前を忘れてしまう」――こんな催眠術を思い浮かべるのではないでしょうか？

そして、自己催眠はこういった暗示を自分自身にかけるものだと思っている人が少なくありません。

「自分自身を催眠状態に導き、なりたい自分になるための暗示を与えれば、あとは勝手に日常生活に変化が起こる」

こんなイメージを持っている人がたくさんいると思います。

でもこれは、テレビの催眠術から連想された自己催眠ですよね。

一般の人が催眠にこういった印象を持つのは仕方のないことだと思います。

しかし理不尽にも、催眠を仕事にする人の中にも「催眠は潜在意識に暗示をかけてプログラムを書き換えるものだ」などと言っている人たちがたくさんいるのです。

潜在意識はパソコンや録音機とは違います。

「潜在意識に書き込まれている悪い情報を良い情報に上書きすれば、たちまち富も幸福もやってくる」などと言っている人は、机上の空論を述べているだけで、実際の催眠を理解していない人たちです。

一般の方と同じように、テレビでやっている見世物の催眠や、書籍に書かれているうわべだけの催眠現象を参考にして、役に立たない催眠を行なっている自称催眠療法士はたくさんいるのです。

ネット上をざっと見渡してみても、自己催眠の本質を理解している催眠家はそう多くは見当たりません。

海外で権威のある催眠家から習って来た人たちの中にも、やはり誤解をしている人がたくさんいます。

「外国の偉い人が言っているのだから間違いない」と鵜呑《うの》みにして、間違った催眠をそのまま人に伝える。そして、それを教わった人がまたそのまま受け売りで他人に教えるといった**負のスパイラルによって、間違った催眠療法や自己催眠が蔓延《まんえん》**しているのが実情です。

教える側の人は、たとえ間違っていてもそれほど支障はありませんが、その催眠療法を受けたクライアントたちは、治らないうえに無駄な費用と時間を費やしてしまいます。

それでも、自分たちが教えられたものが間違った自己催眠だと気づけばいいのですが、ほとんどの人が「催眠なんて役に立たない」と結論づけて、催眠そのものを敬遠するようになります。

また、独学で自己催眠を勉強した人の中には、**催眠状態が完成するまで潜在意識に影響を与えることができないと思い込んでいる**人もたくさんいます。そして、ありもしない自己催眠をいつまでも追い求め、結局、途中で挫折してしまっているのです。

しかし、**本当の自己催眠を理解して練習に取り組めば、習得の途中でも日常の変化を実感しますし、たとえ途中でやめたとしても、そこまでの練習は無駄にはなりません。**

催眠それ自体は心を安定させるための心理技術です。

そして自己催眠は、自分自身を安静状態に導くアイテムなのです。

このことを理解しなければ、自己催眠はいつまで経っても習得などできませんし、自己催眠がもたらしてくれる好転的変化も手に入れることができないのです。

自己催眠と他者催眠は根本的に違う……一点集中の法則

自己催眠を習得するうえでもっとも大切なことは、自己催眠状態と他人にかけられた催眠状態の違いをきちんと把握しておくことです。

自己催眠状態と他者催眠状態では、根本的に違っている部分がひとつだけあります。

それは、**何かを考えている状態と何も考えていない状態**です。

催眠には「一点集中の法則」という、催眠を構築するうえで欠かせない要素があります。

この一点集中が、他者催眠の場合は、催眠をかけてくれている人の「意図」に向けられています。

「椅子から立てない」「腕から痛みがなくなる」「名前を思い出せない」など、暗示された事柄に対し、忠実に従おうとして、暗示の内容に「一点集中」を向けています。

このとき催眠を受けている人は、できるだけ何も考えない状態で暗示を待っています。

一方、自己催眠状態の場合は、自分の暗示に意識を集中させていますから、自分の考えに「一点集中の法則」が働いています。だから、**ひとつのことだけを考えている状態**なのです。

つまり、自己催眠で何も考えていない状態を作り出そうとするのは理に適《かな》っておらず、習得を困難にしているわけです。

ストレス社会から離れ、山にこもり、禅の修行や瞑想の訓練を何年もやってきた人ならともかく、普通の人が意識的に思考を制止させるなど簡単にできることではありません。

自己催眠状態は、何も考えていない無念無想の状態ではなく、ひとつの考えに集中している状態だということをよく覚えておいてください。

ちなみに、他者催眠では「あなたは目を開けることができない」「まっすぐに伸ばした腕を曲げることができない」など、相手の行動を制御する暗示を与えることがあります。こういった暗示を催眠では**『禁止暗示』**というのですが、純粋な自己催眠ではこの禁止暗示は成立しません。

これはどういうことかというと、催眠術師が禁止暗示をかける場合、たとえば、「あなたはその椅子から立ち上がることができない」と暗示をかけたら、催眠にかかっているかどうかを確認するために、「さあ、立ってみて」と言って被験者に抵抗させてみます。

ここで被験者が立ち上がろうとしても立ち上がれなかったら禁止暗示が成立しているわけです。逆らってみなければ禁止暗示にかかっているかどうかわからないからです。

これに対し、自己催眠状態はひとつのことだけを考えている状態でしたよね。

つまり、自分に「椅子から立ち上がることができない」と暗示をしたとしても、立ち上がろうとした瞬間に「立ち上がる」という暗示に変わるので立てるのが通常なのです。

しかしながら、**他者催眠と自己催眠は、きっちり分けてしまうことが難しく、**純粋な自己催眠状態から他者催眠の影響を受けてできあがった自己催眠状態までグラデーションのごとく複雑に入り交じっています。

他者催眠の力を利用した自己催眠……二人三脚の習得法

私の所には、自己催眠の習得を希望するクライアントがたくさん来られます。

だれに対しても同じ方法で同じように習得させてあげられたらいいのですが、催眠は人の心が相手ですから、**簡単に習得してしまう人もいれば、練習を重ねてやっと習得していく人もいる**のです。

簡単に習得してしまう人は、私が一度、催眠状態に導くだけで催眠に入るコツをつかんでしまいます。

たとえば、クライアントに壁の模様など何か一点を見つめてもらい、まぶたが閉じる暗示から始めて、まぶたが閉じたら目が開かなくなる禁止暗示を与える。そして目が開かなくなったら、全身の力が抜ける暗示を与えて催眠状態に導いたとします。

すると、**無意識の学習能力が高い人は、家に帰って私の声を思い出すだけで、催眠状態に入れる**ようになります。

その場合、誘導した順番で何かひとつの物を見つめながら、まぶたが閉じていく暗示を思い出し、まぶたが閉じたら開かなくなったときの感覚を思い出す。そして、まぶたが開かなくなったら、全身の力が抜けて催眠状態に入っていくといった具合に、私のカウンセリングルームでの一連の作業を思い出しながら催眠状態に入っていきます。

これは、家に帰ってひとりで行なった自己催眠とはいっても、ある意味、私が誘導しているのと同じで、**他者催眠寄りの自己催眠**といえます。

この方法でも感覚が覚えてしまえば習得完了なので、こういった無意識の学習能力が高い人は得なのです。

無意識の学習能力は、頭が良いとか勉強ができるといったこととはいっさい関係なく、文字どおり無意識の学習能力であり、自分ではどうにもなりません。

無意識の学習能力がそれほど優れていない人は、通常どおり日々の練習によって習得していくことになります。

ごく稀にですが、自己催眠の参考書に、「まぶたに開かなくなる暗示を与えて開かなくなったら自己催眠に入っている」と書かれているのを読んで、本当にまぶたが開かなくなる暗示に成功する人がいます。これは書籍の文章を頭の中で唱えているので、これもある意味、**書籍の著者からの他者催眠**です。

それから、他者催眠の後催眠暗示（催眠中にかけた暗示が覚めたあとでも持続する）を利用して、インスタントで自己催眠の習得を試みることもあります。

たとえば、クライアントを深い催眠まで導いたら**「あなたは自分の名前を反対に言うと、いつでもこの催眠状態に戻ります」**と暗示を与えるのです。

すると被験者は自分の名前を逆から言うだけで、電車の中でも車の中でもすぐに催眠状態になれます。

しかし、多くの場合、こういった**後催眠暗示を利用した方法は一時的な効果**しかなく、時間が経つにつれて徐々に効力がなくなっていきます。

後催眠暗示を与えられた直後は自分の名前を逆から言うだけで催眠状態に入れるのですが、そのうちいくら名前を逆に言っても何の変化も起こらなくなっていきます。

自己催眠の本質……意識と無意識の方向性を同一にするためのツール

自己催眠は、一方的に潜在意識に言うことを聞かせるようなものではなく、**意識と潜在意識が同じ方向を向いている状態**を作るものです。

極端にいうと、意識と無意識が正反対の方向を向いている状態は、自己催眠状態とは遠く離れた状態にあるといえます。

たとえば、あなたが会社員で、いつも嫌な仕事を自分にばかり回してくる上司がいたとします。あなたは心の中で「私にばかり嫌な仕事を持ってこないで、部下を公平に扱ってくださいよ」と思っている。でも、揉め事が嫌なあなたは「はい、わかりました」とニコニコしながら請け負ってしまう。

潜在意識で思っていることと、やっていることが伴っていませんよね。

このとき、**自己催眠状態とは正反対の状態にいる**と思ってください。

他にも、あなたが若い男性で、収入も少なく、お金もないのに、友達とご飯を食べに行くと、いつも支払いはあなた……。

心の中では「割り勘にしてほしいな」と思っているのに、ケチだと思われるのが嫌で、気がつくといつもあなたがレジに並んでいる。気前良く払うのはいいけれど、家に帰っていつも後悔する。こういった人、よくいますよね。

でも、自己催眠の練習が進み、心が安定してくると、こういった日常生活でのジレンマは激減してきます。

自己催眠状態とは、意識と潜在意識の間で意思の疎通《そつう》ができ、お互いが歩み寄れる柔軟性のある状態なのです。

悩み事ができたら、「私は強い心を持っているから悩まない」などと暗示をするのが自己催眠ではないということです。悩み事ができたら、悩むことで潜在意識は解決策を模索します。**悩み事ができたら悩むのが当たり前**なんです。

自己催眠の練習によって、意識と潜在意識が寄り添いはじめると、悩むことに関して葛藤が起こらなくなります。

つまり**「悩んではいけない」**と思う観念から、**「悩んでいてもいいんだ」**という観念に変わっていくのです。

自己催眠最大の魅力……ノンバイアス状態

世の中のすべての物事には必ずそれに相反する物事が存在します。右が存在するなら、必ず左が存在します。右が存在しなければ左も存在しません。上という概念が生じた時点で下という概念が生まれます。

この原理はそのまま人の心にも当てはまります。これを心理学では『**心の二面性**』といいます。

あなたが安心という概念を認識した時点で、不安という概念も生まれます。好きという感情の概念が生まれたら、その瞬間、嫌いという感情の概念も生まれます。

心はすべて、ある物事に対して正反対の心が存在するのです。

この二面性の幅の中で、どの位置を選択するかはあなたの潜在意識が決めています。

では、この件について**利己主義**と**利他主義**で説明してみましょう。

利己主義というのは、自分の至福のために、自分のことばかり考え行動することをいいます。逆に、自分には厳しく、他人の利益ばかりを考えて行動することを利他主義といます。

これ、どちらに偏っても良くありません。

自分のことばかり考えて行動する人は、俗にいう自己中心的な人なので、まわりから嫌われ、協調性に欠けるので、世の中の落ちこぼれとして扱われます。莫大な資産を持っているとか、ルックスがずば抜けているとか、何か優れた魅力がないかぎり孤独な人生を送ることになります。

一方、利他主義の人は、自分のことを後回しにして、他人の気持ちや他人の利益ばかり気にして行動するため、あとでしわ寄せがすべて自分に来てしまいます。自分で自分を痛めつけているようなものですから、いつどこで心がパンクしてしまうかわかりません。

私の知り合いに、3人の息子を持つ主婦がいるのですが、先日この方から「次男の性格を直してやりたいんです」と相談を受けました。

彼女が言うには、長男が「携帯ゲーム機が欲しい」と言うと、三男も「僕も買って」と言う。でも、次男だけは「僕はいらないよ」と言うのだそうです。

いつもこんな感じで、「本当にいいの？」と念を押しても、「いいよ」の一点張りで、本当は大丈夫じゃないのに、「いいよ、大丈夫」と言ってしまう次男の性格を直してやりたいと言います。

この次男の性格はまさに利他主義の典型で、大人になってから自分の心の中で起こる葛藤にかなり苦労すると思います。

「頑張る」という概念もそうです。頑張ることに相反するものといったら「怠慢」です。人生は頑張り続けてもいつかオーバーヒートしてしまいますし、怠けすぎると世の中についていけなくなります。ひどいときには引きこもりというレッテルを貼られて完全に世間から落ちこぼれてしまいます。

他にも、他人の意見ばかり尊重する人は主体性がなく、他人の価値観で自分の人生を生きていくことになります。かといって、他人の意見をいっさい聞き入れない人は自分の枠の中だけで人生を送ることになります。

また、プラス思考に偏り過ぎてもマイナス思考に偏り過ぎてもよくありません。どちらか一方に偏った心では、社会と衝突を繰り返すか、つねに自分の人生に不満を抱きっぱなしになってしまうのです。

この偏った心の状態を『**バイアス**』というのですが、**心にバイアスがかかったままの状態で人生を終える人は、「結局、自分の人生は何ひとつ思いどおりにならなかった」と言いながら死んでいく**んです。

また、バイアスのかかった状態は、自分だけに留まらず、まわりの人間にも悪影響を及ぼしてしまいます。

たとえば、先ほどの利他と利己に関して説明するなら、あなたが利他に大きく偏った主婦だったとして、身近にいる人があなたの影響を受けると自動的に利己に偏っていきます。

わかりやすくいえば、あなたがご主人に対して90％の利他で接していたら、その影響を受けてしまったご主人は、あなたに対して利己が90％になってしまいます。

すると、**甘え心が育ち、自己中心的になってしまったご主人は心のバランスを崩してしまう**のです。

つまり、あなたが心のバイアスを外し、主体性を持てば、あなたのまわりにいる人も自然と心が安定し、日常が充実していくわけです。

心のバイアスを外し、偏りのなくなったノンバイアスの状態になることは、本当に価値があることなのです。

問題はバイアスの外し方ですよね。

私は現代社会の中で、**普通に生活をしながらバイアスを外す方法として、自己催眠を超えるものはない**と思っています。

自分を変えるための特別な暗示など必要ありません。

自己催眠の習得とともに心の偏りは調整され、オートマチックのごとく、すべての局面においてベターな選択ができるようになります。

もしかしたら、あなたは「自己催眠を練習することで、そんなに都合の良いことが起こるのか？」と思うかもしれませんね。

では、説明を深めるために、メタ認知について解説していきます。

メタ認知とは……視野が広がる超越した意識

私の元クライアントで、車の運転を始めるとイライラして、無条件に興奮状態になる人がいました。

いつもまわりの車に腹を立ててブツブツと独り言を言いながら運転してしまうのです。それも、ただ車内で文句を言うだけならいいのですが、興奮状態のせいか、どうしてもスピードを出しすぎてしまうことに悩んでいました。

自分では「落ち着いて運転したい。いくらスピードを出しても到着の時間はそれほど変わらない」と思っているのに、なぜか自分の思いとは裏腹にスピードを出しすぎてしまうのです。

このクライアントのように、**意識と潜在意識が正反対の方向を向いている人は、心の中でトラブルが起きている状態**なんです。

心の中でトラブルが起きていると、意識はその部分にとらわれてしまい、大きな視野で物事を捉えることができなくなります。

つまり、**周囲の状況を考慮した考え方ができなくなってしまう**のです。

もちろん視覚的には世の中が見えていますが、意識は自分の心の一部しか見えていない状態になり、すべての判断が偏ってしまうのです。

これが**バイアス状態**です。

この状態が改善されて、意識と潜在意識が仲良くなり、お互いが寄り添いはじめると、心の中で起きているトラブルがなくなるので、もうその部分を構わなくて済むようになります。

すると、**意識は一段階上にあがり、すべてを見渡せる**ようになります。

この状態を『**メタ認知の状態**』といいます。

メタは「超越」とか、「高次元」または「上の段階」という意味なのですが、心のバイアスが外れて、全体を見渡せるようになると、どんなときでも自分を客観視でき、自分にとって最良の選択を無意識に行なえるようになります。

もっとも、**潜在意識は本来あなたにとって、つねにベターな選択**をしようとしています。

しかし、意識と潜在意識がトラブルを起こしている人は、自分の心の一部しか見えていない状態で物事を選択しなくてはならなくなるので、あとで「あんなこと言わなければよかった」とか「あのとき何であんなことをしたんだろう」と自分の言動や行動にいつも後悔ばかりするようになります。

また、自分を客観的に観ることができないので、たとえば利己的なほうに偏っていたとしても、自分が自己中心的であることすら気づかないことがあります。

逆に利他的なほうに偏っていくと、狂ったようにボランティアなどを始めたりする人もいます。

ただ、**バイアスが外れたメタ認知の状態は、なにも悟りを開いたような特別な境地ではなく、これこそが本来のあるべき姿**なのです。

しかし、現代社会ではストレスが多く、抱えきれないストレスのなすり合いをしなければやっていけないのが実情ですから、社会的に力のない人は必然的に意識と潜在意識がトラブルを起こし、心にバイアスがかかっていくのです。

そんなストレス社会の中でも、自己催眠を習得すればバイアスは外れ、本来あるべき姿に戻っていきます。

つまり、**自己催眠は、その状態そのものに最大の魅力がある**のです。**自己催眠を練習しているだけで心のバイアスは徐々に外れていき、あとで後悔するような言動や行動が激減していくのです。**

他人の意見を聞かずに突っ走るようなこともなくなってきますし、逆に他人の意見に振り回されて損をするようなこともなくなっていきます。**自分の置かれている状況を客観的に観れるようになる**ので、たとえばネットビジネスなどの悪質なキャッチコピーに対しても、冷静な判断ができるようになってきます。

このように、ノンバイアス状態を得るだけでも多くのメリットがありますが、自己催眠の効用はノンバイアス状態だけに留まりません。

自己催眠の効能１　集中力……スポーツ選手も活用している

日本でもマラソンランナーの有森裕子さんが自己催眠を活用していたというのは有名

ですが、欧米のようなメンタル面を重視する国では、スポーツ選手が自己催眠をトレーニングに組み込むのは珍しいことではありません。

ただし、催眠によって未知の力が備わるなどとは思わないでください。

もし催眠が実力以上の力を発揮するものだとしたら、催眠はドーピングと同じ扱いを受けるでしょうし、正式な競技では禁止命令が出るはずです。

催眠はスポーツの見地からすると、集中力を養うものであり、それによって潜在している力を引き出すものです。それ以上でもそれ以下でもありません。

ちなみに、集中力といえば催眠の練習そのものが集中力を鍛えるので、日常生活でも必要なときに集中力を発揮できるようになります。とくにここ一番といったスポーツの世界では実用性が高いわけです。

そういえば、自己催眠を取り入れているボクサーがときおり「相手のパンチがスローモーションに見える瞬間がある」と言います。

この相手のパンチがスローに見える瞬間は、とても集中できていることが自分でもわかり、このときはまわりの音などいっさい聞こえなくなるそうです。

私のクライアントにも、スノーボードの選手がいたのですが、彼の相談は「とくにジャンプをするときの恐怖を考えると足がすくみ、普段の実力が発揮できないんです……。催眠術をかけて、競技を開始するときの恐怖をなくしてほしい……。いつも消化不良の試合をしてしまうので催眠で恐怖感を取ってください」というものでした。

私は彼に「雑念に邪魔されるのなら自己催眠を練習しませんか？」と提案し、彼は自己催眠を習得することになりますが、その習得とともに成績をグングン伸ばしていったのです。

そして彼は、本番のときの心情をこう語ってくれました。

「自己催眠を始めるまでは、競技開始の瞬間に恐怖が襲ってくるので、この不安さえなくなれば実力を出せるのにと、いつも不安と雑念に悩まされていました。しかし、自己催眠の練習を始めてから、不安があってもまったく邪魔にならなくなりました。というより、不安は僕が怪我をしないために必要なものだと思えるようになり、なんか不安があるから『安心して飛べる』って感じになったんです……」

ここでも、自己催眠によってバイアスが外れていることがわかります。

不安のほうに偏りすぎると怖気づいて何もできなくなります。かといって不安がいっさいなくなってしまうと、自分が死の危機にさらされていることにも気づかなくなります。

「不安があるから安心してジャンプできる」という彼の言葉はまさに理に適っていると思います。

自己催眠の効能2　記憶力……雑念が消えていく！

よく、「催眠術で記憶力を良くすることはできますか？」と聞かれることがあります。答えを先に言うと、催眠を使うと記憶力は良くなります。

ただし、これも一般の方が思っているような、催眠をかけて「あなたは記憶力が良くなります」などと暗示を与えるようなものではありません。

何かを記憶するとき、邪魔をするのは雑念です。

催眠はそれ自体が雑念を軽減させていく作業ですから、記憶力そのものが良くなるというより、記憶をするときの邪魔をなくすのが催眠だと言ったほうがいいでしょう。

したがって、**自己催眠状態になるだけで普段よりは記憶力が増す**ということになります。

勉強にしても、雑念を抱えたまま3時間行なうより、雑念のない状態で30分行なったほうがはるかに頭に入ります。

ちなみに、私も催眠を使って記憶力の実験を何度か行なったことがあります。

ダンスを習いはじめた女子高生に催眠をかけて「あなたはこれから再生するビデオを観て、ダンスの内容を完璧に記憶します」と暗示しました。

5分ほどビデオを流したところでストップし、ダンスを再現させたのですが、彼女は初めて観るビデオにもかかわらず、ほぼ完璧に再現してみせました。

本人いわく、「ビデオを観ているときにめちゃくちゃ集中できているのが、自分ではっきりわかるんです」と言う。

これは、私の「完璧に記憶する」といった暗示が効いて、記憶するための集中力が増した結果なのですが、要因は雑念の軽減ですから、自己催眠でも同じ効果があります。

自己催眠の効能3　精神安定……ストレスをリセット

俗に**「自分のやりたいことをやって生きている人間は見た目が若い」**と言ったりしますが、私の見解からしても、自己催眠をやっている人は実年齢よりかなり若く見える傾向があります。

これも当たり前といえば当たり前の話であって、先ほど自己催眠は意識と潜在意識が同じ方向を向いており、お互いが寄り添った状態だと言いました。

この逆の状態は、意識と潜在意識が葛藤を起こしている状態でしたよね。

この、やりたいことができていない状態では、心のストレスから、体内に大量の老化物質が流れてしまいます。こういった状態が慢性的になると、実年齢より老けて見えるのは当然といえば当然なのです。

また、**自己催眠の練習は、日々のストレスの消化を早くする**ことがわかっています。

たとえば、日常で嫌な出来事があり、そのストレスを抱えたまま就眠すると、次の日の朝、目覚めたときに喉から胸のあたりにかけて気持ち悪くなっていることがあります。

それが、自己催眠の練習をしてから眠りにつくようにすると、こういった気持ち悪さはほとんどなくなります。**その日のストレスを自己催眠によってリセット**してから眠りにつくような感じですね。

また、**「持ち越し苦労」**や**「取り越し苦労」**が少なくなることもわかっています。

持ち越し苦労というのは、もうすでに終わってしまって変えようのない過去のことでいつまでも悩むことをいいます。

「あのとき、私が会社なんて立ち上げなければ借金で苦しむようなことなどなかったのに……」などと、いつまでも過去のことを後悔している人がいます。

借金を返すことにエネルギーを使うのならいいですが、変えようのない過去のことで悩んでみてもエネルギーを無駄に使っているだけです。そのとき身体には悪玉物質がたくさん流れています。

そして、取り越し苦労というのは、この先どうなるかわからない不安にとらわれてしまうことをいいます。

社会人になったばかりの23歳の男性は、入社した直後から自分がリストラの対象になるのではないかとずっと悩んでいました。

帰宅して食事を済ませ、風呂からあがって落ち着くと、ベッドに横になり、天井を見つめながらずっと自分がリストラにあうことを心配しているのです。

実際、本当にリストラされるかもしれませんし、リストラされないかもしれません。彼の会社はそれほどさかんにリストラを行なっているわけでもなく、彼はどうなるかわからないことで悩み続けています。

悩んで得をするのならいいですが、悩んでいる間は持ち越し苦労と同じように体内に悪いホルモンがたくさん流れています。もし、リストラされなかったら悩んだ分だけ大損ですよね。

リストラの可能性があるのなら、できるかぎりの準備をしておくのはいいでしょう。でも、天井を見つめているだけでは何の解決にもなりません。

しかし、わかっていても悩んでしまう。**持ち越し苦労も取り越し苦労も潜在意識がやってしまう**からです。

彼はストレスの軽減のために自己催眠の練習を始めました。

すると1カ月を過ぎたころから、彼に変化が起こりはじめます。

持ち越し苦労や取り越し苦労が軽減したのはいうまでもなく、いままでの彼なら、プレゼンや大きな仕事が来たときは1カ月前であろうと2カ月前であろうと、そのことで頭がいっぱいになり、何も手につかなくなっていたのですが、自己催眠の習得が進むにつれて、大きな仕事やプレゼンが1週間後に控えていても、友達と呑んだり、カラオケに行ったりと、**楽しむ時間は心の底から楽しめるようになった**そうです。

それから、身体の健康面でいえば、催眠ならではの現象である、ペインコントロールを挙げることができます。

ペインコントロールとは痛みの操作のことで、**催眠は身体から痛みを完全になくしてしまう**ことができるのです。

欧米では、催眠でペインコントロールができるようになった人に脳波計を取り付け、モニター画面で分析し、その資料を基にガン患者の痛みのコントロールを行なっています。ただし、ペインコントロールを自己催眠でやる場合、自分ひとりだけで習得するのはかなり困難です。

通常は、専門家に最低でも中程度の催眠（感覚支配の深さ）まで誘導してもらい、一度、痛みが抜ける感覚を他者催眠で体験します。

そして、自己催眠を覚え、徐々に痛みが抜ける感覚を自分ひとりでできるように練習していきます。

自己催眠の効能４　発想力……潜在意識はアイディアの宝庫

一昔前に「潜在脳には遺伝子を通じて1億人分の情報が貯蓄されている」などと言われていたことがあります。

これが真実かどうかはさておき、**意識が気づいていないアイディアやひらめきが潜在意識に潜んでいる**ことは確かです。

意識で一生懸命に考えても出てこなかった発想が、気を緩めた瞬間にフッと浮かんでくることはよくあります。

つまり**意識の活動を緩めることで、潜在意識からの情報が浮上する**ということです。

脳を緊張させた状態でいろいろ考えるより、自己催眠状態に入り、潜在意識から斬新なアイディアを引き出したほうがはるかに合理的です。

このことをよく理解している企業などは、会議に自己催眠を取り入れているぐらいです。

これは、ある開発会社に勤める男性のお話です。

私がコンサルティングをしていた会社の若手社員なのですが、彼が企画部に移動してからすでに一年が経過しています。ノルマ的に企画書を提出するものの一度も彼の企画が会議で通ったことがありません。

彼は本屋で潜在意識について書かれた書籍を見つけ、**自己催眠で潜在意識の中に眠る膨大なアイディアの貯蔵庫にアクセスできる**ことを知ります。

そして日夜、自己催眠の練習に励み、アイディアの浮上を心待ちにしていました。

彼が読んだ本には、「催眠状態に到達したら、アイディアが浮かんで喜びに満ち溢れている自分をイメージしなさい」と書いてあったそうです。

基本的にこのようなやり方で、目標を成し遂げている自分をイメージします。

すると、潜在意識はその喜びを現実にしようと全力を尽くすのです。

しかし、彼はこの方法ではなかなかうまくいかず、アイディアといえるような斬新なひらめきは出てきませんでした。

本人は「自己催眠状態がまだ浅いのだろうか？」と思案して私に相談してきたのですが、私は彼に少し違ったアイディアの引き出し方を教えました。

それは、自己催眠に入った状態で、アイディアを引き出す操作をするのではなく、自己催眠状態に入る前に、一度、一生懸命にアイディアを考えるのです。

考えて、考えて、どうやってもアイディアが出てこないと納得するまで考えます。

そしてそのあとで自己催眠状態に入り、心が安定することだけを考えます。

彼はこの方法で、**自己催眠状態に入るだけでアイディアがどんどん出てくる**ようになりました。

というのは、催眠状態がまだ不十分な場合は、どうしても意識が少し働いてしまいます。そうなると、アイディアを待つというよりは、意識も一緒になって搾り出そうとするわけです。いわば緊張が少し残った状態になっているのです。

そこで、潜在意識の性質を考慮して、残像ならぬ思考の名残を作ります。

いいですか、**「潜在意識は未解決の事柄に対し、それが自分にとって意味がなくなるまでいつまでも考え続ける」**といった性質を持っています。

つまり、あなたが考えるのをやめても、潜在意識は考え続けているのです。

ですから、意識が完全に諦めるまで考えて、その考えをわざと残すようにします。この状態で自己催眠状態に入るだけで、ひらめきやアイディアが浮かんでくるようになります。

彼はいまや斬新な企画を出すどころか、彼の企画には抜け目がないとまで言われています。

無意識の中には、とても意識では考えつかないようなことがたくさん詰まっています。

だから潜在意識なんですね。

自己催眠の効能5　幸福力……心が変われば世界が変わる

人間というのは不思議なもので、同じ世界に住みながら幸福な人と不幸な人がいます。

当然、環境が違えば幸せの度合いも変わってきます。

しかし、同じ環境にいながら幸せを実感する人と、不幸を訴える人がいます。

ときには、人がうらやむような恵まれた環境にいながら自分を不幸だと主張する人もいます。

はたしてこの違いはいったい何なのでしょうか?

人は物事を捉えるとき、現実ではなく、心で感じ取る生き物です。

コップに水が半分入っていたら、「もう半分しかない」と思う人と「まだ半分もある」と思う人がいます。

人は自分の心を通してしか世の中を見ることができません。

黄色いメガネをかけて世の中を見ると、すべてが黄色く見えるように、「世の中には悪人しかいない」といった心で世の中を見れば、どんなに善良な人も悪人に見えてしまうのです。

幸福感は心の状態でどんなふうにでも変化します。

大好きな彼氏とうまくいっているときは何をやっても楽しいでしょう。でも、その彼氏と喧嘩をしてしまうと何をやっても楽しくないと思うんです。

たしかに、幸せがいっぱいの環境にいれば有利でしょう。でも、**心が幸せを感じ取れる状態にしておかなければ、何をどう頑張っても幸せにはなれない**ということです。

同じ現実世界にいながら、不幸な人は幸せが見えなくなっているのです。

このように、たとえ目の前にそれがあったとしても、見えなくなっている心理的盲点のことを**『スコトマ』**といいます。

次ページの図はデンマークの心理学者エドガー・ルビンが考案した多義図形で、「ルビンの壺」というものです。

白い部分を見ると、ワイングラスのような形をした壺に見えるはずです。でも、黒い部分を見ると、人が向かい合わせになっている横顔に見えるはずです。

壺を意識して見ると顔が見えなくなり、顔を意識して見ると壺が見えなくなります。

目の前にあるはずなのに見えなくなっている部分がいわゆるスコトマです。

つまり、**不幸に心を奪われていると、目の前にある幸せが見えなくなってしまう**ということです。

人生を楽しんでいる人は、楽しいことをたくさん見つけられる人です。人生を幸せに過ごしている人は、多くの幸せを見つけられる状態になっている人です。

図　ルビンの壺

人より多くの幸せを見つけるためには、物事全体を見渡せる状態にならなくてはいけません。物事の一部しか見えなくなってしまうと選択の余地もなくなります。

物事全体を見渡すためには、心のバイアスを外す必要があります。心のバイアスを外すためには、自己催眠ほど有効な手段はありません。

同時に自己催眠は心の安定をもたらします。

心が安定すれば、いままで見えなかった幸福がたくさん見えてきます。

そして、自己催眠は一度身につけたら一生の財産になります。
ぜひとも自己催眠を身につけて、人生を味わい深いものにしてください。
次章では自己催眠を習得するための具体的な方法を紹介していきたいと思います。

第2章

あなたを変える自己催眠の技法

自己催眠の技法1　漸進的弛緩法……強制的に雑念を消す画期的方法

この方法は神経生理学者エドモンド・ジェイコブソン博士が考案した自己催眠法です。ジェイコブソン博士は、人が驚いたときの反応、つまり驚きの反射に着目しました。そして常日頃、緊張型の人が驚いたときは筋肉の反射が速くて大きく、リラックス型の人の反射は遅くて小さいことを発見するのです。

心身症（心の歪みが身体に影響を及ぼす症状）の患者の多くが緊張型であることから、ジェイコブソン博士は**緊張をコントロールするリラクゼーション法**を考案しました。

その方法が**身体の各部位に一度、力を入れてから脱力させる**『**漸進的弛緩法**《ぜんしんてきしかんほう》』です。

催眠状態を作るとき、他者催眠、自己催眠にかかわらず、力を抜くことに全力を尽くします。

催眠状態をひと言でいうなら、**「心が弛緩している状態」**です。もっとわかりやすくいうなら、**「脳から力が抜けている状態」**です。

しかし、「心を弛緩させる」といっても意識的にできることではありません。

そこで催眠では、心と身体の相関関係を利用して、身体の力を抜くことで心を弛緩させていきます。**心の雑念と身体の緊張は比例する**のです。

お金のことで悩んでいたら、腰の筋肉が緊張しているかもしれません。人間関係で悩んでいたら、背中の筋肉が緊張しているかもしれません。脳と筋肉は繋がっています。だから、**催眠状態を作るときには全身の力を抜くことに全力を尽くす**のです。

ところで、私は他人にかける他者催眠も教えているのですが、初心者に催眠術のかけ方を教えるとき、必ず「相手が少しでも催眠にかかったら力が抜ける暗示をたたみ込むように入れていきなさい」と教えています。

ここで重要なのが、「少しでも催眠にかかったら……」という部分です。

少しでも催眠にかかっていると雑念が軽減されるので、手の力や足の力を抜く暗示を入れると、それに比例して脳の力も抜けていきます。

しかし、少しも催眠にかかっていない場合はどうなのかというと、身体の力を抜いても脳の力は抜けていきません。なぜなら、**脳が他の作業をしているから**です。

その作業というのが**「雑念との戯《たわむ》れ」**です。

もしあなたが、右腕と脳の左側頭部が相関関係にある人だったとして、雑念がなければ、右腕の力を抜くだけで脳の左側頭部はそれにつられて力が抜けていきます。

しかし、左側頭部が何かの雑念、たとえばあなたの車の車検が近くて、「車検代にいくらかかるだろうか?」などと気になっていたら、右腕の力を抜いても脳の左側頭部は弛緩しません。

でも、ここで一度右腕に思いっきり力を入れると、それに連動している脳の左側頭部は興奮をしはじめます。このときの興奮が雑念を上回ると、雑念は打ち消されるので、その力を一気に抜くことで左側頭部も脱力するわけです。

漸進的弛緩法は、このように身体の各部位に一度力を入れてから弛緩させるところに特徴があるのですが、身体をリラックスさせるのが目的ではなく、その部位に連結している**脳をリラックスさせることに本来の目的がある**のです。

他の自己催眠法が力を抜くことだけに価値を置いているのに対し、漸進的弛緩法は「心と身体の相関関係」を最大限に利用して強制的に雑念を消し去ろうとする画期的な方法といえます。

ただし、脳を興奮させることで雑念を消し去るといっても、その興奮が雑念を上回らなければ効果はありません。

たとえば、離婚問題で悩んでいたり、大きな借金を抱えていたりしたら、ストレス（雑念）が大きすぎて、身体に力を入れたぐらいではそのストレスを上回るほどの興奮を脳に与えることができないのです。

つまり、**あまり大きなストレスを抱えているときは、自己催眠の練習すらままならない**ということです。

つねに頭の中を占めているような問題があるときは、自己催眠の練習に取り掛かってもしんどいだけです。

そんなときは、多少ストレスが解消されてからにするか、カウンセリングなどを受けて、ある程度、心を回復させてから練習に取り掛かってください。

それでは、漸進的弛緩法の具体的なやり方を説明していきます。

まずは自己催眠に適した態勢を整えます。

場所は邪魔の入らない自分の部屋などが理想です。

図1 伏臥《ぎょうが》姿勢

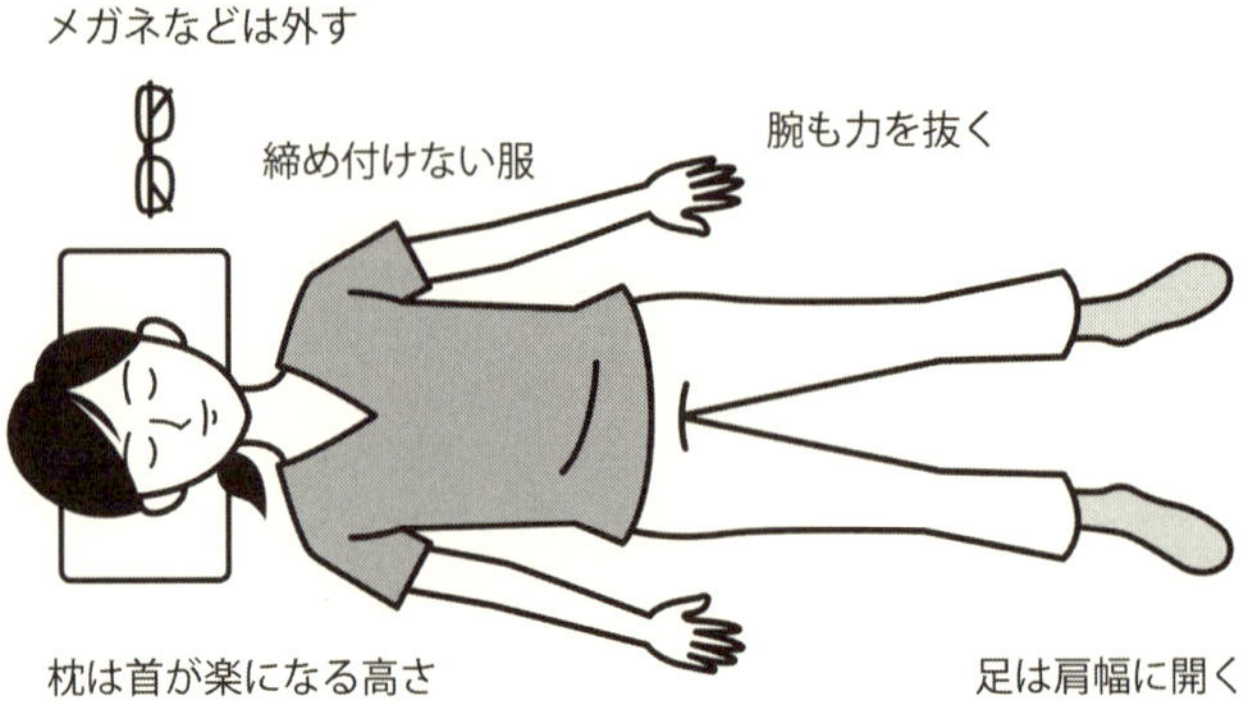
メガネなどは外す
締め付けない服
腕も力を抜く
枕は首が楽になる高さ
足は肩幅に開く

図2 椅子姿勢

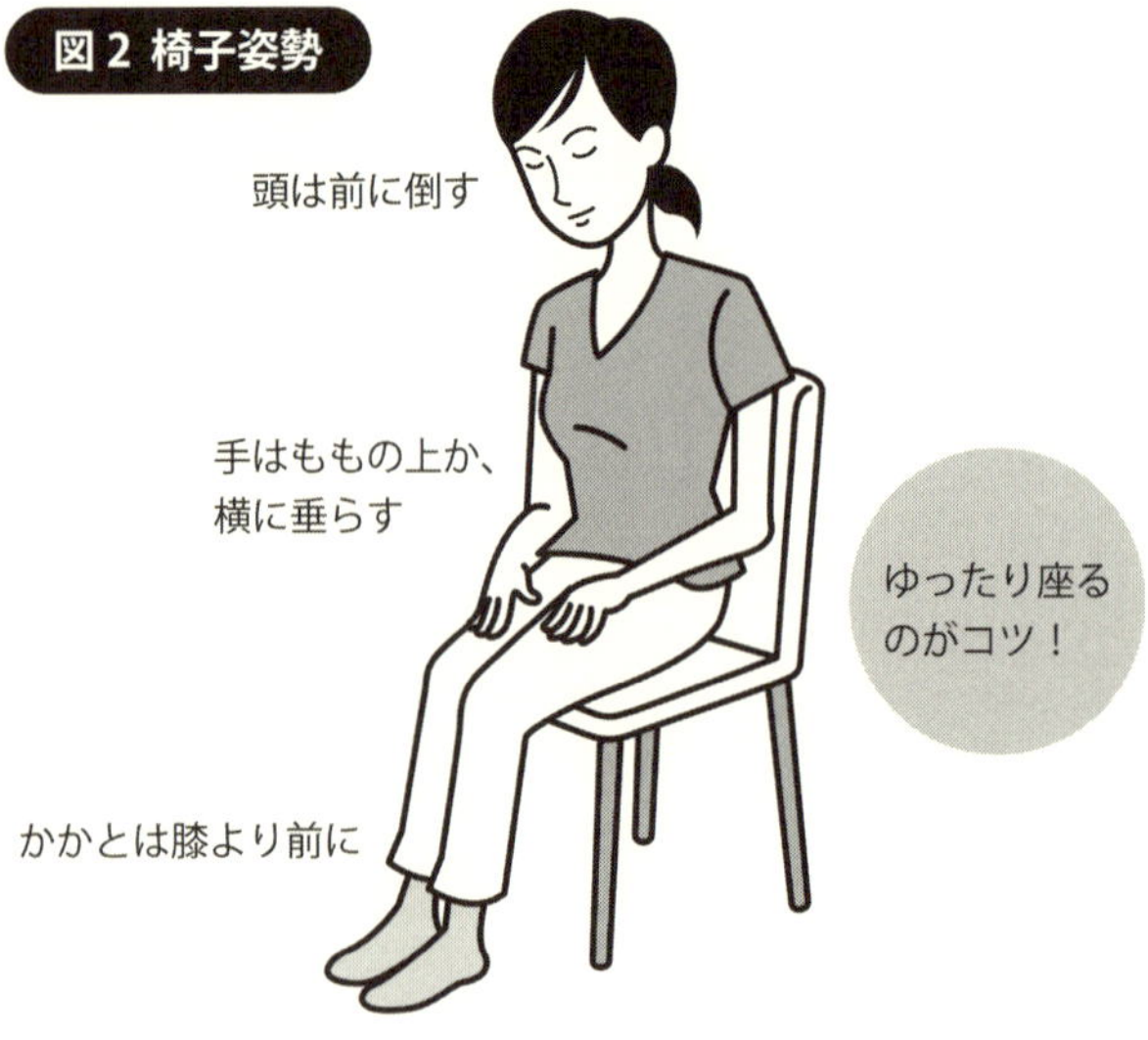
頭は前に倒す
手はももの上か、
横に垂らす
ゆったり座る
のがコツ！
かかとは膝より前に

服装は身体のどこも締め付けないような部屋着などを着て、メガネなどは外しておいたほうがいいでしょう。

姿勢は、寝て行なう場合は、足は肩幅ぐらいまで開き、両手はねじれないようにして身体に触れない所にダランと置きます。首に違和感がないように枕の高さも調整しておきます（図1）。

椅子に腰かけて行なう場合は、できるだけゆったりと座り、かかとが膝より前に出るようにします。手はももの上に置くか、両サイドに垂らし、頭を前にコクンと倒しておきます。（図2）

姿勢については仰臥姿勢、椅子姿勢どちらでも自分のやりやすいほうで構いませんが、ここで説明する漸進的弛緩法については、椅子姿勢のほうがやりやすいので椅子に座って行なうことを前提に話を進めていきます。

態勢が整ったら、まず深呼吸で気持ちを落ち着けます。

鼻から大きく息を吸って、吐く息は口先をすぼめて、吸う息の倍ぐらいの時間をかけて吐き出します。

図3 脚の脱力法

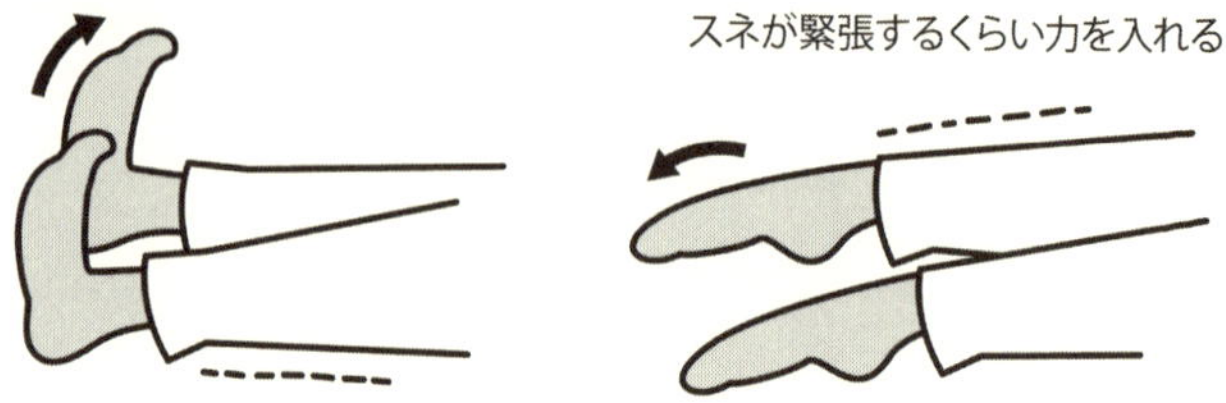
① 両足のつま先を伸ばす(5秒間)
② つま先を上げて、自分の顔のほうに向ける(5秒間)
ふくらはぎが緊張すればOK

そのまま深呼吸を数回行ない、しんどくなってきたところで普段の呼吸に戻ります。

そして気持ちが落ち着いたら、まず両足を持ち上げつま先を真っすぐに伸ばして、一度スネに緊張を与えます(図3①)。約5秒間、思いっきり力を入れてください。

そのままスネの緊張を感じることができたら、足を上げた状態で力を入れたままつま先を自分の顔のほうに向けるようにして、今度はふくらはぎを緊張させます(図3②)。

そのまま約5秒間できるだけ力を入れて、ふくらはぎの緊張を味わったら、パッ!と緩めます。

そして脚全体のリラックス感を味わいます。

図4 腕の脱力法

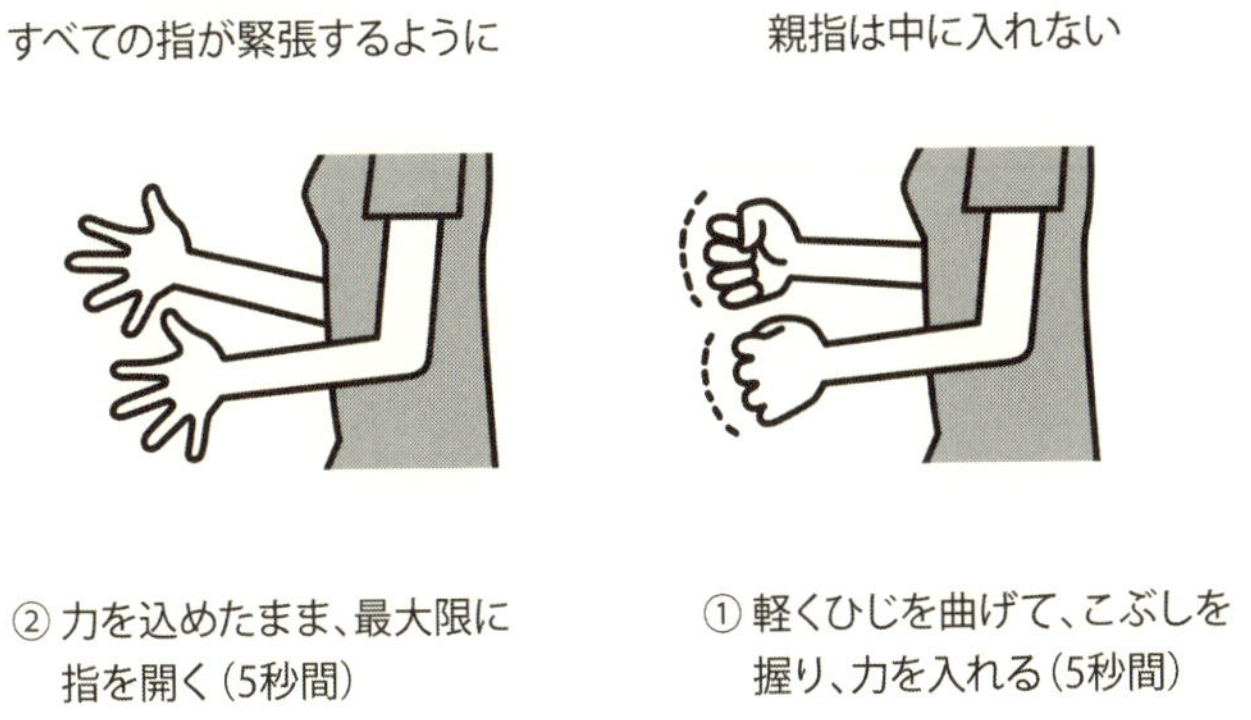

すべての指が緊張するように
親指は中に入れない
② 力を込めたまま、最大限に指を開く（5秒間）
① 軽くひじを曲げて、こぶしを握り、力を入れる（5秒間）

次は腕です。両手をこぶしにして力を入れます（図4①）。

このとき親指はこぶしの中に握り込まないように注意してください。

手が震えるぐらい握って、約5秒間、力を入れたら、そのまま力を緩めないで、今度は指を開きます（図4②）。

指の間をできるだけ開いたら、さらに指を開くようなつもりで約5秒間、思いっきり力を入ます。

そして十分に緊張を味わったら、パッ！と緩めて、腕全体がリラックスした感覚を味わいます。

今度は首を右に倒して、首の左側に緊張を

図 5 首の脱力法

① 首を思いきり右に倒す（5秒間）

② 次に、首を左に倒す（5秒間）

図6 首と肩の脱力法

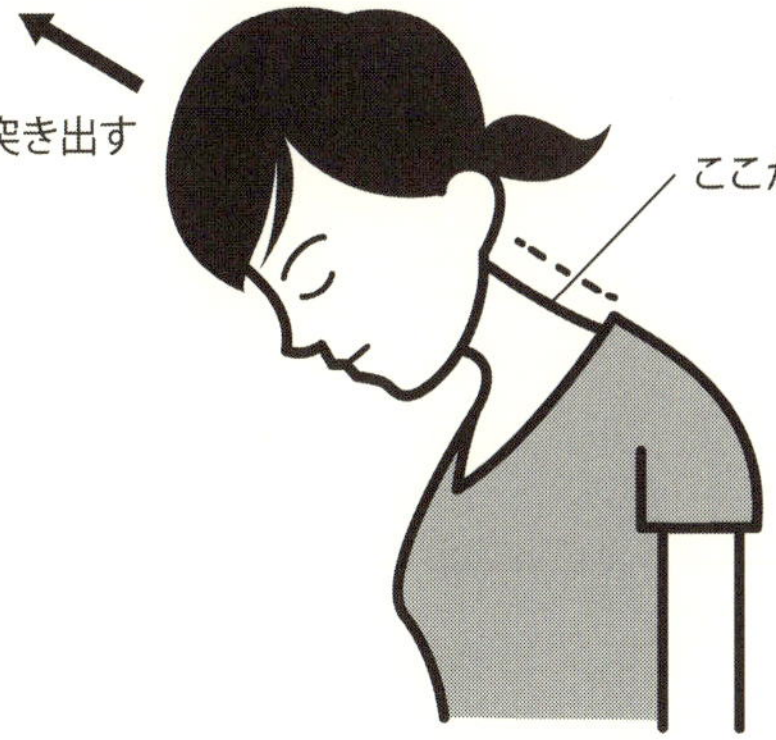
頭は前に突き出す
ここが緊張する
肩は後ろに引く
5秒間、力を入れてから脱力する

与えます（図5①）。

思いっきり首を右に倒し、反対側に約5秒間の緊張を与えます。

そして、パッ！と緩めて力を抜きます。

今度は、首を左に倒して首の右側に緊張を与えます（図5②）。

反対側の首の筋肉を伸ばすような感じで約5秒間、力を入れます。

そしてパッ！と緩めて、首の右側から力が抜けた感じを味わいます。

今度は両肩を後ろに引いて、できるだけ首を前に倒し、頭を前に突き出すようにします。後頭部から首の後ろ側にかけて緊張を与えてください（図6）。

図7 顔の脱力法

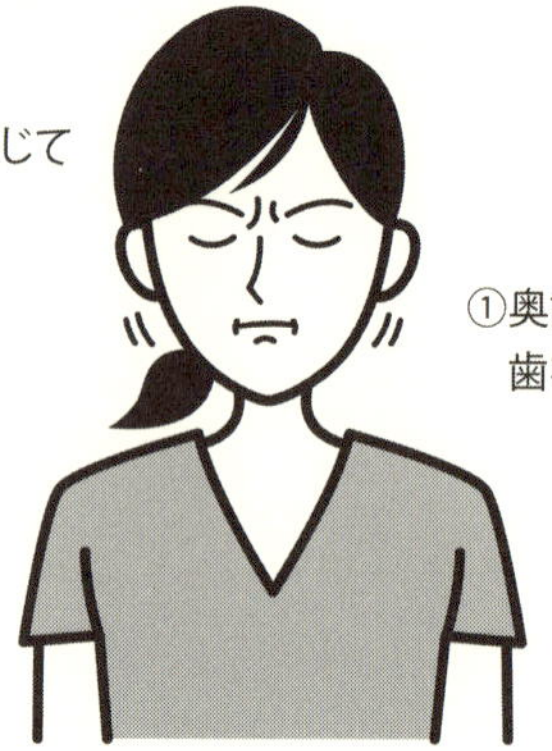
②まぶたを閉じて
力を入れる
①奥歯に力を込めて
歯をくいしばる
顔全体に力を入れる（5秒間）
その後、パッと緩める

緊張を感じたまま約5秒間経ったら、パッ！　と緩めて力を抜きます。

そして首と肩がリラックスした感覚を味わいます。

最後は顔の筋肉です。

まず歯を食いしばって、奥歯に力を入れるようにします。そのまま目を閉じて、まぶたにも力を入れます。力いっぱい目を閉じて、歯も食いしばって約5秒間、顔全体に力を入れます（図7）。そしてパッ！　と緩めて、顔の筋肉全体がリラックスした感覚を味わいます。

通常ではここまでの行程を最低2回は行ないます。

普段、緊張が強いと思われる人は何回やってもかまいませんが、覚醒法（催眠を解く作業）だけはどんなに実感がなくても必ず行なって練習を終わりにしてください。

精神面での覚醒は、自分が「やめよう」と思うだけで大丈夫です。

自己催眠状態では、ひとつのことしか考えていないのだから、自分自身で練習を終わろうと思った時点で覚めているのです。

ただし、問題は身体のほうです。身体のほうは抜いた力をきちんと戻してやらないといけません。

自分では実感がないからといって、力を戻さずに練習を終えたら、立ち上がったときに、よろけて転んでしまうことがあります。

ですから、**自己催眠の練習を終えるときは、必ず手足の曲げ伸ばしを3回ほど行なって、力が完全に戻ったことを確認してから終わりにしてください**（図8）。

それから、自己催眠の練習を中断するのは何の問題もないので心配はいりません。

自己催眠は意識が一点に集中しているだけですから、問題は身体の脱力だけなのです。

万が一、隣の家が火事になったり、あなたの家に泥棒が侵入してきたときには、潜在意識が危険を察知し、潜在意識の防衛本能が一瞬にして全身に力を戻してくれるので大丈夫です。

でも、もし練習の途中で来客があったり、電話がかかってきたときなどは、危険を察知したときの態勢になりませんから、必ず自分で力を十分に戻してから日常生活に戻るようにしてください。

自己催眠の技法2　自律訓練法……自己暗示だけで催眠状態を作る

この方法はドイツのJ・H・シュルツ博士が催眠を経験した被験者から催眠状態の感想を聞き、そのデータを元に、自己暗示のみで催眠状態に入れるように考案した自己催眠法です。

催眠状態の見本ともいえるこの方法は『自律訓練法《じりつくんれんほう》』と呼ばれ、精神疾患の治療や心の健康法として病院やクリニックをはじめ世界中の健康施設で活用されています。

習得までのステップは、シュルツ博士の考案により6段階に分かれており、各行程に

図8 身体の覚醒法

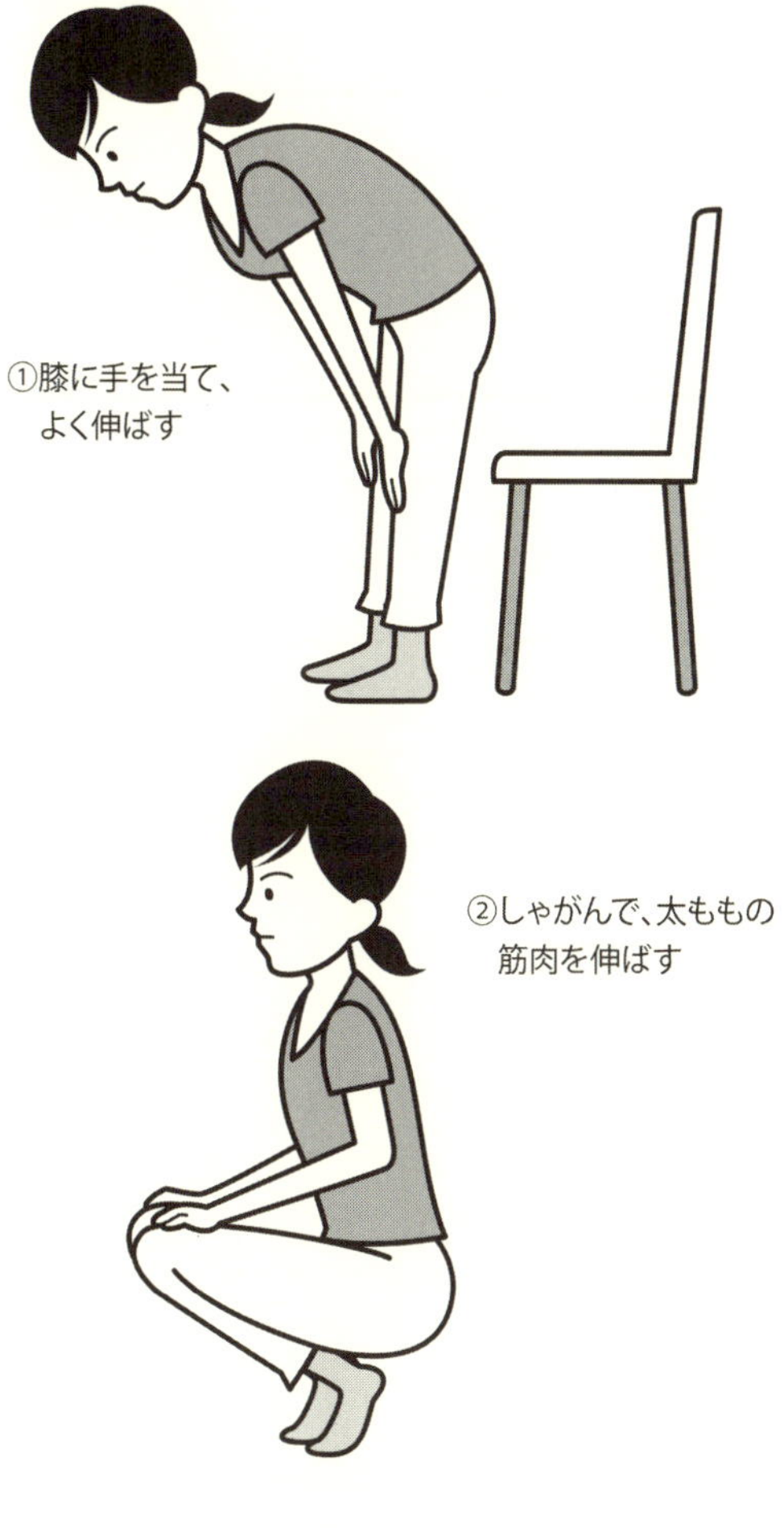

①②を交互に3回行う

おいて身体の各部位ごとに自己暗示を与えていきます。

・公式暗示第1段階――四肢の重感暗示「腕・脚が重い……」
・公式暗示第2段階――四肢の温感暗示「腕・脚が温かい……」
・公式暗示第3段階――心臓の調整暗示「心臓が静かに打っている……」
・公式暗示第4段階――呼吸の調整暗示「呼吸が楽だ……」
・公式暗示第5段階――腹部の温感暗示「腹部が温かい……」
・公式暗示第6段階――頭部の冷感暗示「額が涼しい……」

ちなみに、自己暗示は声に出すことで再認識効果が働き、暗示が強くなります。

自律訓練法などは、自己暗示だけで催眠状態を作り出すものですから、声に出さないよりは出したほうが効率が上がります。

他の人にあなたの声が聞こえない所を練習の場に選び、できるだけ声に出して自己暗示することをお勧めします。

まず、第1段階では四肢（右腕・左腕・右脚・左脚）に重感暗示を与えて筋肉を弛緩させていきます。

基本的な進め方としては、利き腕（たとえば右腕）に「重い」という暗示を与えるところから始めるのですが、私の手元にある古い資料を見ると、毎日、右腕に「重い」という暗示を与えて練習しても、反応が遅い人だと実際に重くなるまでに1週間ほどかかるとあります。

これでいくと、四肢全体が重い感じを実感できるようになるまでに約1カ月かかることになります。かなり根気が要りますよね。

自律訓練法は、途中で挫折する人がけっこういるのですが、習得までの期間が長く、根気が続かないということが原因のひとつではないでしょうか？

標準的には右腕への暗示が完成するまで次の左腕に進まないといったふうになっていますが、私の指導経験からいくと、**反応の有無はあとにして、四肢に対する重感暗示をすべて与えてしまい、第1段階全体をワンクールとしたほうが習得が早くなる傾向があります。**

つまり、右腕に重感暗示を与えたら、その反応があってもなくても、左腕、そして右脚、左脚と暗示を進めていき、四肢の重感暗示をすべて終えてから改めて反応を待つようにするのです。

それでは、部屋の環境や服装を整えたら、絨毯《じゅうたん》の上か畳の上に布団を敷き、仰向けに寝てください。

ベッドの上に横になってもかまいませんが、あまりフワフワしたものの上で練習すると重い感じがなかなかつかめない人が多いので、ある程度の硬さはあったほうがいいでしょう。

態勢が整ったら、鼻から大きく息を吸って、口からゆっくり吐き出します。

そのまま深呼吸を続け、少ししんどく感じてきたら普段の呼吸に戻り、目を閉じて、利き腕に意識を向けます。

そして、公式暗示（自律訓練法の基本暗示）を与えていきます。

▼公式暗示第１段階――四肢の重感暗示

まず「右腕が重い……右腕が重い……」と声に出して30秒ほどゆっくり繰り返します。そして最後に「気持ちがとっても落ち着いている……」と言いながら重い感じをしばらく味わってみます。

そして、反応が出ても出なくても速やかに意識を左腕に向けて「左腕が重い……左腕が重い……」と30秒ほど繰り返します。そして「気持ちがとっても落ち着いている……」と言って、重い感覚を実感するようにしばらく左腕に意識を向けます。

次に、右脚に意識を向けて「右脚が重い……右脚が重い……」と30秒ほど繰り返して、また最後に「気持ちがとっても落ち着いている……」と言いながら重い感じに気持ちを向けます。

そのまま「左脚が重い……左脚が重い……」と30秒ほど繰り返して、また最後に「気持ちがとっても落ち着いている……」と言いながら重たい感じを味わってみます。

このように、第1段階の公式暗示がひととおり終わったら、しばらく全身がリラックスした感じに意識を向けます。

少しリラックス感を味わったら、一度、自分に「覚醒暗示」を与えて覚醒します。かけた暗示が実感できてもできなくても必ず行ないます。

声に出して「……手や足に力が戻る……身体が軽くなりスッキリと目が覚める……」と言って目を開けます。そして手と足を2～3回、曲げ伸ばしして、手足の力を完全に戻してください。

脱力した力を元に戻したら、一呼吸おいて2回目の練習に入ります。一度、手足の力を完全に戻しておくと、この次の練習の際に実感が出やすくなります。

催眠に入る姿勢ができて、深呼吸を終えたら、1回目の練習と同じ要領で、右腕に「重い」という重感暗示を30秒ほど与えて、最後に「気持ちがとっても落ち着いている……」と言いながら重い感じを味わいます。

そのまま、左腕、右脚、左脚という具合に進めていき、2回目が終わったら、一呼吸おいてまた3回目の練習というように進めていきます。

決して意識的に重くなるように力を入れてはいけません。暗示の力だけで脱力状態を作るようにしなければ無意識を活性化させることができないからです。

あくまでも意識的な努力は避けるようにしてください。

全体的な練習時間は、**だいたい一回5〜10分ほどの目安をつけて一日2回、毎日、朝起きた直後に5分、寝る前に10分ほど行なうのが理想**です。

▼公式暗示第2段階——四肢の温感暗示

暗示によって手足が重くなったことが実感できるようになったら、公式暗示の第2段階に進みます。

やり方は第1段階と同じで、四肢に暗示を与えていくのですが、今度は「重感暗示」の代わりに「温感暗示」を与えていきます。

改めて第2段階の練習から始めるのではなく、第1段階の暗示のあとに第2段階の暗示を重ねていくようにします。

姿勢を整え、深呼吸を終えたら、まず四肢に「重くなる」と第1段階の暗示を行ない、そのままの状態で覚醒せずに、「右腕が温かい……右腕が温かい……」とゆっくり暗示を声に出していきます。

30秒ほど繰り返したら、第1段階のときと同じように、最後に「気持ちがとっても落ち着いている……」と言いながら温かい感じを味わってみます。

そのまま同じ要領で、左腕―右脚―左脚という具合に「温感暗示」を与えていきます。

ここでは、「右腕―左腕―右脚―左脚」といった順番で進めていますが、必ずしもこの順番でやらなくてはいけないというわけではありません。「右腕―右脚―左腕―左脚」でもかまいません。**普段よく使う筋肉から始めたほうが効果が早く出るといわれている**ので、利き腕や利き脚から始めるだけのことです。

この**公式暗示の第2段階がマスターできると、軽い不眠症ならたちまち改善されてしまう**といわれています。

精神的疾患の影響などで重度の不眠症を患っている方は、医療機関に相談する必要があると思いますが、「早く寝ないといけない」とか「睡眠時間をたっぷり取らなければ明日の仕事に差し支える」などと、自ら作り出している緊張が入眠の妨げになっているような場合は、自律訓練法がきわめて効果的です。

寝よう、寝よう、とする過剰な思いは、努力逆転の法則によって、身体の緊張を作り

出してしまうのです。

自律訓練法の第2段階を行なうことによって、努力逆転の法則は働かず、身体を先に睡眠状態に近づけるので、精神面があとからついてきて、自然と眠りに入っていくというわけです。

▼公式暗示第3段階——心臓の調整暗示

第2段階の練習を続け、温かい感じが実感できるようになったら、次の第3段階の暗示を追加していきます。

第3段階は**「心臓の調整暗示」**の練習です。

同じく第2段階までの暗示に追加するように「心臓が静かに打っている……心臓が静かに打っている……」と30秒ほど繰り返し、最後に「気持ちがとっても落ち着いている……」と暗示して心臓が穏やかになる感じを味わいます。

自律神経のバランスが乱れていると、心臓は規則正しく打ちません。ときには不整脈のように乱れます。かといって、自律神経のバランスが整っていても機械で打ったように正確に鼓動することもありません。

第3段階の公式暗示を行なっていると、ときおり心臓の鼓動と一体になり、心臓の音が聞こえないというか、感じなくなるときがありますが心配は要りません。それだけ精神が統一されている証拠です。

注意点として、この第3段階は心臓に疾患のある人は練習をしないようにしてください。

疾患部分に意識が集中すると、不快になり、催眠に必要なリラックスができなくなるので、第2段階が実感できるようになったら、心臓に疾患のある人は、第3段階を飛ばして次の第4段階へ進んでください。

▼公式暗示第4段階——呼吸の調整暗示

第4段階では「呼吸の調整暗示」を行ないます。

やはり第3段階までの公式暗示を行なったあと、「とても楽に呼吸している……呼吸が静かに、ゆったりしている……」と30秒ほど繰り返し、最後に「気持ちがとっても落ち着いている……」と暗示して、呼吸が楽になった感じを実感してみます。

練習開始の際に行なう深呼吸とは違い、ここでは意識的な呼吸は行ないません。**意識的に呼吸をゆっくりにしようと努力すると、呼吸にストレスがかかってしまいます。**

あくまでも自然な呼吸に意識を向けて、暗示の力で呼吸の調整を行ないます。「とても楽に呼吸している……呼吸が静かに、ゆったりしている……」と暗示を続け、睡眠状態のときのような、ゆったりとした呼吸になり、なおかつその呼吸にストレスを感じなくなったら第4段階は完了です。

注意点として、この第4段階は呼吸器官に疾患のある人は行なわないでください。

呼吸器官に疾患のある人は、第3段階の公式暗示が実感できるようになったら、第4段階を飛ばして第5段階の練習に進みます。

▼公式暗示第5段階――腹部の温感暗示

ひとつ呼吸をするたびに、身体の奥のほうへ降りていくように、喉から胸へ、胸からお腹へ、お腹から全身へと呼吸が行き渡るイメージをしながら、何の抵抗もなく、深い呼吸を気持ち良く感じるようになってきたら、第5段階の練習に入ってください。

第5段階ではそれまでの暗示に「腹部の温感暗示」を重ねていきます。「お腹が温かい……お腹が温かい……」と30秒ほど繰り返し、最後に「気持ちがとっても落ち着いている……」と暗示して、胃の辺りが温かくなっていることを実感してみます。

お腹の真ん中には神経の塊があり、全身に向かって神経の枝が張りめぐらされている様子が太陽のコロナに似ていることから、これを**『太陽神経叢《たいようしんけいそう》』**といいます。

第5段階では、この太陽神経叢に温感暗示を与えるのが目的なのですが、胃腸の調子が良くない人は、「お腹が温かい」ではなく、「太陽神経叢が温かい」と暗示を変えてみてください。太陽神経叢にピンポイントで暗示を与えることで、胃腸の疾患部分に意識が向かずに済むことがあるからです。

それでもお腹の調子が気になる人は、この第5段階を飛ばして、第4段階が終わったら、最後の第6段階に進んでください。

▼公式暗示第6段階——頭部の冷感暗示

胃の辺りが温かく、なんともいえない良い気持ちになったら、最後の第6段階に入ります。

第6段階では「額が涼しい……額が涼しい……」と30秒ほど繰り返し、最後に「気持ちがとっても落ち着いている……」と暗示して額の涼しさに意識を向けます。

額が涼しく、そしてそれをとても気持ち良く感じてきたとき、人間のもっとも健康な頭寒足熱《ずかんそくねつ》の状態となり、あなたの心は完全に安定した状態になったといえます。

人は足元が温かく頭部が涼しくなっているときが理想の状態であって、いわばコタツでみかんを食べているようなときが身体にとっては最高の状態です。

その反対で、**人と口論などしていて、顔を真っ赤にしているようなときは、頭に血が上り、身体は強烈なストレス状態**になっているのです。

では最後に、覚醒についてもう一度述べておきます。

毎回の練習のたびに必ず覚醒を行なってください。そして練習を終えるときは、覚醒暗示のあとに必ず手足の屈伸運動を行ない、全身の力を完全に戻してから日常生活に戻るようにしてください。

自己催眠の技法3　軟酥鴨卵《なんそおうらん》の法《ほう》……白隠禅師を救った治療法

その昔、白隠禅師という偉いお坊さんは、あまりにも過激な修行を続けたために禅病という病にかかってしまいます。

症状はかなり激しく、手足は氷のように冷たくなり、あげくの果てには幻覚まで生じるような状態でした。

そのとき、山奥に住む白幽《はくゆう》という仙人から治療法を教わり、症状を完全に克服したというのですが、その方法が**『軟酥鴨卵の法』**というイメージを使った自己催眠法です。

想像力を利用したこの方法は、鳥の卵のような丸薬《がんやく》を頭の上に載せたイメージから始めます。

頭上に載せた丸薬が頭の熱で溶けて身体に入り込み、身体の中を流れながら悪い部分を外に排出するイメージをしていきます。

オリジナルは、香りが良く、清い色をした丸薬が、頭から肩、腕、胸、肺、肝臓、腸、胃、背骨、尾骨、もも、ふくらはぎ、足首を通って、足の先から悪い部分と一緒に流れ出るといったものです。

ただ、軟酥の鴨卵といっても、なかなかイメージできない人が多いと思いますので、少し現代風にアレンジしてみましょう。

まず、背もたれのついた椅子に腰を掛けて、想像力を働かせてイメージしてください。

「今あなたの足元には大きなタライがあります」
「そのタライには、温かいお湯が足首の高さまで入っています」
「そしてあなたは、そのタライの中に素足を入れています」
「温かい感じを想像してください」
「そのまま頭の上にソフトボールぐらいの大きさの真っ白なアイスクリームが載っているところをイメージしてください」
「そのアイスクリームは不思議なアイスクリームです」

「あなたの体内に浸透して、身体の悪い部分をすべて溶かして、一緒に体内から外へ出ていきます」
「さあ、あなたの頭の熱で溶けて、頭上から体内に浸透してきました」
「頭から首、そして肩、腕、胸といった順番で降りていきます」
「悪い部分をすべて溶かしながら降りていくので、真っ白だったはずのアイスクリームが灰色に濁ってきました」
「そして肺、肝臓、腸、胃、背骨、尾骨といった具合にどんどん降りていきます」
「ももからふくらはぎ、そして足首へと降りていき、足首まで降りると、タライに浸けてある足の先から黒い汁が出ていきます」
「すべて出てしまうと、タライの中のお湯は真っ黒です」
「さあ、黒い汁が全部出てしまったら、ゆったりとくつろいだ気持ちに意識を向けて、そのまま少しの間、休んでいましょう」

精神治療ではとても有名な方法ですが、自己催眠の要素を十分に満たした方法です。

さらに言えば、自己催眠状態を深化させる要素を十分に満たしているので、この方法だけを単独で行なってもかまいませんし、他の方法のあとに深化法として使ってもいいと思います。

自己催眠の技法4　観念運動法……無意識の運動で潜在意識を活性化

通常、自己催眠では弛緩暗示がメインになりますが、観念運動などを用いて、精神を統一させたうえで、脱力に入る方法も有効です。

観念運動というのは、頭の中で思ったことが無意識の運動となって現れる現象のことをいいます。

たとえば、「右腕が無意識に浮き上がる」と暗示を繰り返し、実際に腕が浮き上がってきたら観念運動が成功したことになります。

いま、あなたの目の前に大きな風船が浮かんでいると想像してみてください。

その風船から糸が垂れ下がっています。

その糸はあなたの左の手首に巻きついています。

風船は徐々に空へと向かって浮き上がり、それにつれてあなたの左腕もフワフワと浮き上がっていきます。

できるだけリアルにイメージしてください。

このイメージを続け、左腕が勝手に浮き上がってきたら、意識の思いと潜在意識の思いが一緒になった証拠です。まさに意識と無意識の方向性がひとつになった自己催眠が目指す状態になったわけです。この直後に全身から力が抜ける自己暗示をすれば、速やかに自己催眠状態に入っていきます。

しかし、この方法は腕が引力に逆らって宙に浮いていくわけですから、よほど感受性豊かな人でなければなかなかうまくいきません。

ですから、**同じ観念運動でも、いきなりこんなに大きな筋肉の運動を起こすのではなく、もっと小さくかすかな運動**から始めたほうがいいと思います。

たとえば、五円玉を3枚用意して、長さ30センチぐらいのタコ糸の先に結び付けます。俗にいう振り子を作るんですね。

図9 小さな観念運動の始まり

3枚の五円玉を
30センチ程のタコ
糸の先に結ぶ
わざと揺らさず
心の中で
「揺れる…」
と念じる

振り子ができたら、糸の端を持って、五円玉が目の高さにくるように腕を持ち上げます。

そして、五円玉を見つめながら「左右に揺れる……左右に揺れる……」と心の中で思ってください。振り子をわざと揺らさないで、ただ「揺れる……揺れる……」と心の中で思うだけでいいんです（図9）。

今度はよほど感受性の乏しい人でないかぎり、振り子は揺れてくると思います。

これが**小さな観念運動の始まり**です。

これは、あなたの念が五円玉に伝わって超常現象が起きたわけではなく、「振り子が揺れる」という思いがあなたの腕の筋肉に伝わり、無意識に腕が動いてしまうのです。

腕が微妙に揺れる程度の小さな観念運動ですが、この無意識の運動により、潜在意識は多少なりとも活発になります。

そして、**感受性が亢進して自己暗示に集中できる**ようになるのです。

このように、最初は振り子などを使って、少し感受性を高めてから、先ほどの腕が上がる自己暗示を開始するのも一つの方法だと思います。

振り子の利用は感受性を高めるための種火としては最高のツールといえます。

ちなみに、腕の浮上を試してみて、ほんの少しは動くものの、それ以上は上がる気配がないといった場合は、入浴の時間を使って腕の浮上を練習してみるのもいいと思います。お風呂に入ってリラックスしたら、できるかぎり腕の力を抜いてみてください。

決して腕が上がるように努力してはいけません。力を抜くことに集中するだけでいいのです。

お風呂のお湯の中で**腕の力が完全に抜けてしまうと、腕は勝手に浮き上がる**はずです。

ただし、これは腕が勝手に浮き上がる感覚を体験してみるだけの行為であって、入浴中は潜在意識の気が張っているので、自己催眠の練習はやっても無駄です。

ひじや肩にも意識を向け、腕全体を観察しながら力の抜き方を練習してみてください。そして、お風呂の中で腕が浮き上がるようになったら、そのときの力の抜け具合と、腕がお湯の中で浮き上がるときの感覚を体感として記憶に残すようにしておくといいです。

実際の練習の際にその感覚を思い出すと腕が上がりやすくなり、腕が無意識に上がると感受性が高まります。また、感受性の高まりは他の自己催眠法の習得の際にも役立ちますから、腕が浮上したら、今度は「腕が下がる」と暗示して、無意識に下がってくるのを待ち、腕が下がり切ったところで、たとえば自律訓練法の「腕が重くなる」とか「脚が温かい」といった暗示を与えたりすると反応もよく出てくると思います。

自己催眠の技法5　連続観念運動法……主導権を意識から徐々に無意識へ移動

ここまでみてきて、自己催眠にとって力の抜けた状態を作ることがどれだけ重要かがわかると思います。ストレスで慢性的な緊張状態が続いていると、脳の緊張も取れなくなり、心も身体も力の抜き方を忘れてしまうんですね。

これも子どものころに通った幼稚園や学校では、跳び箱を跳んだり、鉄棒をしたり、力の入れ方は教わるものの、力の抜き方は教えてもらえなかったからかもしれません。

潜在意識を活性化するためには、やはり力の抜けた状態は重要です。

次に紹介する方法は、連続観念運動を利用した方法です。

うまくいけば速効で催眠状態に入っていけるので、試してみる価値はあると思います。

観念運動については、すでに説明しましたが、頭に浮かべた観念によって無意識の運動を起こすものでしたよね。

ここでは、観念運動を連続で起こし、効率的に感受性を高めていきます。

背もたれのついた椅子に腰掛けたら、できるだけ身体の力を抜き、足を肩幅ぐらいまで開きます（図10①）。

足の位置は、左右の膝の真下にそれぞれ足の裏の真ん中がくるようにして、しっかりと床に密着させておきます。

図 10 連続観念運動

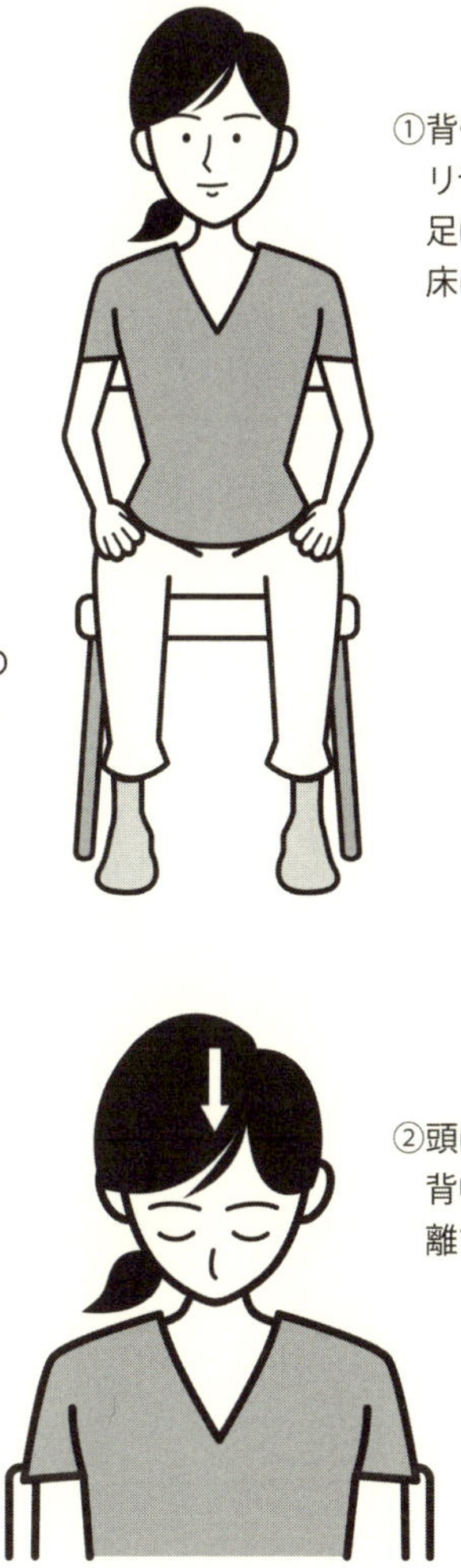
①背もたれのある椅子に
リラックスして座る。
足は肩幅に開き、
床に密着させる
膝の真下に足の
裏の中心がくる
②頭は前に倒す。
背中は背もたれから
離す
上体は少し
前かがみに

そして、頭を前にコクンと倒し、背中を背もたれから離し、少し前かがみになります（図10②）。

そのまま上半身を本当にゆっくり、左右に揺らしていきます。

椅子から落ちない程度にゆっくりと、右、左というように、わざと動かしてください。

身体を動かしながら、「身体が自然と揺れる……」と身体の揺れに合わせて何度も暗示を繰り返します。

ある程度上半身を揺らしたところで、今度はそのまま徐々に上半身を動かしている意識的な力を緩めていきます。無意識の力だけで左右に揺れるように、少しずつ少しずつ力を抜いていきます。

ゆっくりゆっくり力を抜きながら、力を抜くのと反比例するかのように、自己暗示のほうを強めて、最終的には暗示の力だけで身体が揺れるようにしていきます。

もし、意識的に揺らしている力を緩めると、そのまま揺れも止まっていくようなら、この方法は向いていなかったということになります。残念ですが、他の自己催眠法を練習してください。

もし、意識的に揺らしている力を完全に抜いても、身体が勝手に揺れているようならうまくいっていますから、そのまま「気持ちがとっても落ち着く……そして落ち着くにつれて身体の揺れが徐々に止まる……身体の揺れが止まったときには完全に力が抜けて気持ちが落ち着いている……」と暗示したら、「揺れが止まる……気持ちがとっても落ち着く……揺れが止まる……気持ちが落ち着く……」と暗示を繰り返し、身体の揺れが勝手に止まってくるのを待ちます（図10③④）。

身体の揺れが止まったら、そのまま気が済むまでリラックス感を味わってください。

そして、そのあとは練習を終えてもいいですし、数息観を使って催眠状態を深める練習をしてもかまいません。

どちらにしろ、練習を終えるときは必ず覚醒法を行ない、身体に力を戻してから日常生活に戻るようにしてください。

自己催眠の技法6　数息観《すそくかん》……呼吸に精神を統一

催眠でいう数息観は、自分の呼吸に精神を統一させることで催眠状態を深めるものですが、数息観だけを自己催眠として練習に取り組むこともあります。

椅子に座った姿勢でも仰臥姿勢でも構わないので、ゆったりとした姿勢になり、自分の呼吸をゆっくり数えていきます。

ここでは声に出さず、心の中で数を数えるようにして、息を吐き出すときだけカウントするように、ゆっくり数を数えてください。

このときの呼吸は、けっして意識的にするのではなく、自然に行なわれている呼吸運動を客観的に観るかのような感覚で数を数えます。

もし、途中で数を間違えたり、雑念に邪魔されたら、また1からやり直してください。最終的には100まで数えられるようにやっていくのですが、最初は雑念に邪魔されず、途中一度も間違えずに50まで数えるだけでも難しいと思います。それだけ数息観から入る自己催眠法は難しいということですね。

催眠状態の深化を目的に使う場合は、先ほどの身体を左右に揺らす観念運動がうまくいき、身体の揺れが静止して落ち着いたところで、呼吸に意識を向けて数を数えると、観念運動によって雑念が軽減しているので呼吸を数えるのが楽になっていると思います。

また、数息観によって催眠状態は深くなっていくので、相乗効果が出てお互いの技法が有効になると思います。人間は数を数えることによって、精神が安定する性質を持っているからです。

これまでいろいろな自己催眠法を見てきましたが、どの方法を練習するかは自由ですし、他の方法と組み合わせてより深く安定した自己催眠状態を目指すのもいいでしょう。

ちなみに、催眠誘導研究所でクライアントの自己催眠指導を行なうときは、漸進的弛緩法を催眠導入に使い、自律訓練法で催眠状態を安定させ、軟酥鴨卵の法で催眠状態を深化させるというように、３つの代表的な自己催眠法を組み合わせて行なっています。

ただし、人によって時間の長いのが苦手だったり、方法によっては合う合わないがありますから、とりあえずやってみて、自分に合ったものを選んで練習してみてください。

第3章

自己催眠習得にあたっての心掛け

自己催眠を行なうための注意点……バイオリズムとコンディション

自己催眠は体調によって、よく練習できるときと、そうでないときがあります。気分が乗らず、なかなか集中できないときがだいたい月に2日ぐらいはあると思います。

これは**心の状態や体調のバイオリズムによって引き起こされること**ですから、こんな日は無理をして練習をしても良い結果は出ないでしょう。

気分に逆らってまで練習する必要はありません。そんな日は休みにしてください。よく休んでエネルギーがチャージされたら、次の日にはよく集中できるはずです。

また、**仕事や遊びで身体が疲れているときは集中するだけのエネルギーがありません**から、こんなときもうまく練習できないと思います。

一日の用事をすべて終わらせ、しばらく休憩を取り、エネルギーが回復してから練習するようにしてください。それでも疲れが取れない場合は、さっさとやめて寝床に入ったほうがいいでしょう。

それから、自己催眠は練習に慣れてくると途中で眠ってしまうことがよくあります。途中で寝てしまうのは何の問題もありませんが、練習を開始した直後に眠ってしまうようだと、その日はまったく練習になっていないので、眠ってしまう日が続くようなら寝て行なう仰臥姿勢ではなく、椅子に腰かけて行なう姿勢で練習するようにしてください。

習得を早める環境づくり……練習場所の環境設定は怠らないように

練習を開始するときは、ストレスを感じたり注意が奪われてしまうような障害はなくしておきます。

そのために**静かな部屋を選び、極力リラックスができる態勢**で行ないます。

また、練習場所の環境にもある程度の配慮をしてください。

当然、自分が落ち着く環境が一番良いわけですから、部屋の広さや電気の明るさも、あなたが気にならないように設定してください。

部屋が散らかっていて気になるようでしたら、やはり片付けてから開始するようにします。

それから、**練習を行なう部屋（場所）はできるだけいつも同じ部屋に決めてしまうほうがいい**です。

これは、アンカー（条件反射）の利用で、いつも同じ部屋で練習をしていると、その部屋に入るだけで心と身体が無意識に自己催眠の態勢に入るようになります。

ちなみに、催眠療法を行なっているカウンセリングルームでは、つねに同じ瞑想曲をかけていたり、同じアロマを焚《た》いていたりしますが、これはこの部屋で催眠を体験したクライアントが、いつもと同じ曲や匂いによって軽い催眠状態に入ることを狙っているからです。

意識はどこを向いているか？……心の癖は直せる

自己催眠に入るための暗示を行なうとき、自分が思った所に意識を向けられるかどうかは非常に重要になってきます。

極端な話、脚に向かって力が抜ける暗示を与えながら、意識ではアイドルのことを考えていたり、腕に温かくなる暗示を与えながら、家計簿のつけ忘れはないかと気にしていたら、当然のごとく良い結果は出ませんよね。

しかし、**意識の向け方は習慣化されているため、ただちに修正できるものではない**のです。したがって、日ごろの生活の中でも改めていかなくてはいけません。

たとえば、テレビドラマを観ていて、通常ならドラマの内容に意識が向くところなのに、見始めて5分もしないうちに炊事や洗濯のことが気になり、ドラマの内容に集中できないとか、会社で仕事をしているときに、本来なら自分がやるべき作業に意識を向けなければいけないのに、作業をしている自分がまわりの同僚たちの目にどう映っているのかが気になり、目線は手元の作業に向かっていても、意識はまわりの目を気にしている。これも意識が本来向くべき場所ではない所に向いています。

仕事をしていて、たまに上司が見回りに来たときには、だれでも自分が上司にどう見られるかと気になります。

しかし、これが普段つねに他人にどう見られているかと気になり、ミスばかりしてしまう人は、集中すべき対象から意識がずれているのです。

こういった人は、自己催眠の練習をしても、「腕が重い……」と暗示をしながら、どうしても他のことを考えてしまいます。

重症の人は、練習を開始した瞬間から、条件反射のごとく意識が別のことに向いてしまうこともあるようです。

これは自己催眠の練習だけではなかなか修正されていかないので、日常生活の中で直していく必要があります。

ある男性は、学生のころは普通に集中すべきことにきちんと集中できていたそうなんですが、社会人になってからトランプのポーカーゲームにはまり、毎日のように通っていると、仕事中になぜか集中すべきことに集中できなくなってきたと言うのです。

彼は対戦者のカードが強いのか弱いのかを判断するために相手の顔の表情をいつも熱心に観察していたそうです。

目線は手元のカードを見ていても、意識は対戦者の表情や動作を観察することに集中しています。そうやって対戦者を観察していることを悟られないようにしているんですね。

そして、そんなポーカーゲームを楽しむ毎日を続けていた彼は、ある日、日常生活の中で自分が見ている方向と意識が別の方向を向いていることに気づくのです。

そして、意識が集中すべきことからズレていることに気づくたびに、強引に意識を集中すべき所に向けるように頑張っていると、徐々に修正されていったと言います。

このように、**意識の向け方は心の癖です。癖だから直すことができるのです。**

自分の意識が本来向けるべき所と違う所に向いていることに気づいたら、ただちに軌道修正するようにしてください。これを習慣づけると意識の方向のずれは修正されていきます。

意識の方向を修正しても、すぐ他の所に向いてしまうようなら、気づいた時点でまた意識を向けるべき所に戻してください。

そして、集中すべきところに意識を向けた状態を1分、2分、5分、10分と、できるだけ長く続けられるように、日常生活の中で貪欲に行なってください。

そうすることで必ず改善されていきます。

習得の進行を測る〝バロメーター〟……恐怖突入にトライしよう

自己催眠の本来の目的は、意識と潜在意識が寄り添った状態を作ることです。

「どのくらい腕が重くなれば終わりなんだろう」とか、「どれぐらいお腹が温かくなれば完成なんだろう」と、感覚ばかりにこだわりすぎると本末が転倒してしまいます。

自己催眠を断念してしまう人の多くは、この「終わりがわからない」というのが理由です。

腕が重くなるとか、お腹が温かくなることにそれほどの重要性はなく、どれだけ意識と潜在意識の方向性がひとつになるかが重要なのです。

そこで、**自己催眠を習得するために必要不可欠**なものをお教えします。

それは**バロメーターの設置**です。

バロメーターを設置することで、進行状況がわかるようになります。

いまはできないけれど、少し頑張ればできそうなものをひとつ考えてください。

それがバロメーターになります。「いつも会社で納得のいかないことを言われるので言い返したい」でもいいですし、「女性と仲良く話したいと思っているのにしゃべれないから、一言でも会話したい」でもいいです。

少し無理をすればできそうな苦手なものをピックアップするのです。

たとえば、あなたが女の子と話がしたいのに、実際には声をかけることすらできない男性だったとして、バロメーターを「女の子に話しかける」に設置したとします。

自己催眠の練習を何日か続けたら、最寄りのデパートへ行って、自分が可愛いと思う女性店員を見つけて、その子に話しかけてみてください。

そこで話しかけることができたら課題はクリアです。

もし、まだ話しかける勇気を引き出すことができなかったら、また数日間、自己催眠の練習をしてデパートへ行き、ターゲットの女性店員に話しかけてみます。

なんなら、自己催眠の練習はそこそこにして、思いきって恐怖突入を試みるのもいいでしょう。

この恐怖突入は、女の子と話がしたい意識と、それを怖がっている潜在意識の方向性をひとつにする最短の行為であり、自己催眠の練習期間3カ月分に匹敵するぐらいの価値があります。

もしあなたが対人恐怖症で、他人の目が気になって、ひとりではファストフードのお店にすら入れない人だったとするなら、同じように最寄りのファミリーレストランに目星をつけて、ひとりで食事をして帰ってくることをバロメーターに設置します。

日々、自己催眠の練習を続けて、ある程度の頃合いを見計らって、恐怖突入のためにファミリーレストランへ行き、ひとりで食事をすることを試みるのです。

ときには中に入れなかったり、ウェートレスが水を運んできた時点で逃げ出す人もいるみたいですが、そうなったら、また別のファミリーレストランに目星をつけて、しばらく自己催眠の練習をしたあと、ひとりで食事をしてくるという恐怖突入を実行するのです。

何度か恐怖突入を繰り返し、もうひとりでも落ち着いて食事ができるようになったら、ここでのバロメーターはクリアです。

また、その夜から別のバロメーターを設置して、自己催眠の練習を続けたら、また恐怖突入にトライします。

このバロメーターの**バロメーターの設置作業は自己催眠を習得するうえで何よりも重要**です。

だから何時間かかっても、何日かかってもいいから、慎重に選び出し、一度設置したバロメーターは変更しないようにしてください。

また、どれぐらい自己催眠の練習をしてから恐怖突入にトライするのかは、あなたの自由です。

わかりやすく言うなら、自己催眠の練習によって90％まで恐怖突入の準備ができていたとしたら、残りの10％はその場で勇気を振り絞って行動を起こすことでクリアできます。

逆に自己催眠の練習ではまだ10％までしか恐怖突入の準備ができていなかったとしても、90％の勇気を振り絞ることができたらバロメーターがクリアできます。

要は、意識と潜在意識がひとつになった状態を何度も経験し、自己催眠状態を自分のものにするのです。

だから、「自己催眠の練習って根気よく気長にやらないといけないんだな」とか「自己催眠の練習って一生続けるのかな？」などという心配はしなくていいんです。

意識と潜在意識の方向性がひとつになるコツをつかんだとき、自己催眠はあなたの身体の一部になります。

身体の一部になってしまったら、漸進的弛緩法や自律訓練法などをやる必要もなくなります。そのためにもバロメーターの設置は必須なのです。

それから、バロメーターは恐怖突入をしなくてもできるようなことでは意味がありません。

たとえば、仕事で残業を毎月20時間やっていたとします。これを「今月は30時間にする」というのはバロメーターになりません。なぜなら、そこには**勇気を振り絞る瞬間がない**からです。

勇気を振り絞り、恐怖突入をすることで、離れている意識と潜在意識を近づけることができるのです。

第4章

潜在意識の性質と自己暗示

潜在意識が納得するメッセージ……自己暗示とは

これまで述べてきたように、自己催眠は毎日その状態を練習しているだけで心が安定し、バイアスが外れ、すべてにおいて有意義な日常が送れるようになります。

しかし、**「さらに飛躍したい」「成功者になりたい」という願望を抱くのなら、潜在意識の性質とアファメーション（自己宣言文＝自己暗示）について知っておく必要**があります。

では、暗示についての説明から始めたいと思いますが、まず他者暗示と自己暗示の違いを理解してください。

他人にかける暗示、いわゆる他者暗示というのは、他人の潜在意識に働きかけるわけですから、できるだけ万人に通用するように、暗示の与え方や言語パターンがある程度決まった構成になっています。

しかし、自己暗示は自分の潜在意識が納得できれば、どんなメッセージの送り方でもいいのです。

極端にいえば、いま目の前に、あなたが克服すべき事柄があったとします。

そこであなたが両手を握りしめ、「おりゃぁ！」と言って、その事柄を克服できるのなら、その両手を握って「おりゃぁ！」と言う行為が自己暗示になります。

もし、克服すべき事柄を目の前にして、5分ほど自問自答をしたあとにチャレンジできるのなら、その5分間の自問自答が自己暗示になります。

もちろん、克服している自分のイメージを浮かべて目の前の苦手を克服できるのなら、当然それも立派な自己暗示になるわけです。

自己暗示には他者暗示のような形式だった決まりはありません。

つまり、**勇気を振り絞るための刺激になればいい**のです。

逆にいえば、**それがどんなに精密に構成された暗示文であっても、たとえ世界的に権威のある催眠家が作成した暗示文であっても、自分の潜在意識が納得できないのなら、それは自己暗示にならない**ということです。

また、潜在意識に嘘はつけないので、いくら言葉に出して「腕が重い……腕が重い……」と繰り返しても、深層心理で「本当に腕が重くなるなんてあるのだろうか？」と思っていたら、潜在意識はそれ自体が深層心理なので、深層心理で思っているほうを実現させてしまいます。

つまり、**自己暗示は自分の潜在意識が納得できるかどうかが問題**なのです。

それでも、潜在意識には潜在意識の性質というものがあります。

潜在意識の性質に逆らって自己暗示を行なっても、ただ意識と潜在意識が無駄なエネルギーのぶつけ合いをするだけですから、潜在意識の性質を頭に入れて、できるだけ潜在意識の性質に沿ったメッセージを自分に与えるようにしてください。

潜在意識には時間の概念がない……過去も未来もわからない

いま、あなたの人生の中で忘れようとしても忘れられない腹立たしい出来事を思い出してみてください。そのときのことをできるだけありありとイメージしてみてください。

イメージできましたか？

どうでしょう、おそらく不愉快な気持ちになったのではないでしょうか？

その出来事は、もう終わっている過去のことですよね？　それなのに、なぜ不愉快な気持ちになるのでしょうか……。

では次に、あなたが一番そうなってほしくない未来の出来事を想像してみてください。飼っているペットがいなくなったこととか、大好きな父親が亡くなるところとか、もっとも恐れていることを考えてみてください。

どうですか？　頭を左右に振って想像を打ち消したくなるぐらい不安な気持ちになったでしょう。

これも実際には起きていないただの想像です。それでも恐怖感が襲ってきました。

これは**潜在意識には時間の概念がないということであって、過去の出来事も、未来の出来事も、潜在意識にとっては、たったいま起きている出来事**なのです。

つまり、潜在意識には「今」しかなく、それが10年前の出来事であっても、昨日の出来事であっても、「これは過去のこと」とか「これは未来のこと」などといった判別はできないのです。

だから、**自己暗示をするときは神様にお願いするような言い方ではダメ**だということです。

自律訓練法で説明すると、「腕が重くなりますように……」と暗示をしたとすると、潜在意識は、腕が重くなることを願っているあなたを実現させようとします。

潜在意識には今しかないのだから、腕が重くなることを願っているあなたのままでいようとするのです。

つまり、いつまで経っても腕は重くならないわけです。

潜在意識のセオリーからすると、この場合の自己暗示は「腕が重い……」になります。

この件については、催眠を習いはじめた人がときおり勘違いして、他者催眠で用いる暗示と自己暗示とを混同してしまうことがあるのでもう少し説明しておきます。

よく、テレビなどの催眠術を観ていて、「あなたのまぶたがだんだん重くなっていきます」とか「あなたの腕はフワフワと上がっていく」と言っているのを参考にして、自己催眠でも「腕がだんだん重くなる」などと自己暗示をする人がいます。

しかし、他者暗示と自己暗示は根本的な部分が違っているのです。

他者暗示は相手の意識をリードしていく「誘導」です。だから少しずつ先を行く現在進行形だったり、未来形の言葉を使ったりします。

一方、**自己暗示は思い込みを目的としていますから、現在そうなっていることが前提の暗示が効果的**なのです。

このあたりを理解していないと、自己催眠の習得に時間がかかってしまうので、よく把握しておいてください。

潜在意識は否定語を認識しない……自己暗示は肯定言語を心掛ける

アファメーションを作るときは、肯定文で作成するのが基本になっています。

この件について説明する前に、少しやっていただきたいことがあるのです。

まず、想像力を働かせて、**黄色の犬**をイメージしてみてください……。

想像できましたか？

では次に、**ピンクの象**だけは絶対にイメージしないでください……。

どうでしたか？

実際には、どちらもイメージしてしまったのではないでしょうか？

ピンクの象をイメージしないように頑張っても、ピンクの象で頭がいっぱいになったでしょう。

つまり、**潜在意識には「～しない」という否定語が通用しない**のです。

だから、**アファメーションは肯定文で作成するのが基本**になっています。

あなたがもし人前で緊張してしまう人だったとして、「私は緊張しない」と自己暗示をしたら、潜在意識は「しない」を認識せず、「緊張」という部分だけが暗示になってしまいます。結果、あなたは緊張してしまうということです。

ですから、この場合は、「私はリラックスしている」と、必ず肯定文で暗示するようにしてください。

潜在意識は主語を理解しない……他人と自分の区別がつかない

先日、友人から電話があり、「しばらく仕事を休むことになった」と言うのです。

話を聞いてみると、家の大掃除をしていた際に、椅子から落ちて肋骨《ろっこつ》を2本折ってしまったと言います。キッチンにある茶箪笥《ちゃだんす》の上の埃《ほこり》を取るために、椅子の上に立って、手を伸ばしたところ、茶箪笥がグラッと揺れて、その勢いで椅子から落ちてしまったらしいのです。

しかも落ちた場所が悪く、キッチンの角が横っ腹に刺さるような感じで直撃したと言うのですが、私は友人の話を聞いているだけで、右のわき腹が痛くなってきました。

このように、あなたも他人に起きている悲惨な話に顔を歪めたことがあるでしょう。

これは、**潜在意識は他人と自分の区別がつかない**ことを意味しています。

最近では、脳科学の見地からもミラーニューロンといったものが発見され、この潜在意識の性質を裏付けるような発表がなされています。

あなたが何かの願望を持つとき、この潜在意識の性質を頭に入れておくことはとても重要です。

たとえば、あなたが学生だったとして、ずっと成績を争ってきたライバルがあなたと同じ学校を受験することになったとします。

それを知ったあなたは不安になり、もし自分が落ちて、ライバルだけが受かるようなことがあったら耐えられないと思う。

そこであなたはライバルに対し、「あいつ、受験当日、緊張して頭の中が真っ白になって問題が解けなくなればいいのに……」と願ったとします。

すると試験当日、緊張で問題が解けなくなるのはあなたです。

もし、「あいつ、受験の前日に体調を崩して欠席すればいいのに……」と願い続けたとします。その願いが潜在意識に伝わると、あなたが体調を崩し、試験を欠席することになります。

人間の本能は潜在意識が司っています。本能は「自分の塊」です。

理性はともかく、本能は何もかも「自分」として捉えてしまうのです。

潜在意識にとっては「だれがするか」は関係なく「何をするか」が重要なのです。

他人を非難ばかりしている人は、だれを非難しているかは関係なく、非難している内容だけが自分への暗示となってしまいます。

たとえば、お金持ちを妬《ねた》み、非難ばっかりしていると、いつまで経ってもお金持ちにはなれないわけです。

ミラーニューロンの働きには個人差があるので、その影響力は人によってさまざまですが、意識の領域では他人と自分の区別がついていても、潜在意識の領域では他人と自分の区別がついていないということを覚えておいてください。

潜在意識の現状維持機能……いつもの自分でいようとする能力

自分を変えるためには、どうしても念頭に置いておかなければならないことがあります。それは潜在意識の現状維持機能です。

もしかしたら、あなたはこれまでに何度も人生を変えたいと思ったことがあるかもしれません。でも、いまだに変われないでいるのはなぜか？

理由はいろいろあると思いますが、その中でもっとも厄介な存在は、**あなたの中にある現状を維持しようとする無意識の働き**です。

潜在意識にはつねに快適な自分を維持しようとする働きがあります。人が簡単に変われないのはこの現状維持機能があるからです。

たとえば、あなたの快適な体温が36度なら、現状維持機能は真夏の暑い日には汗をかいて身体を冷やし、あなたの快適な体温を維持しようとします。

反対に、真冬の寒い日には身体を震わすことで発熱し、あなたの快適な体温を維持しようとします。

血圧が上がれば喉仏のわきにある頸動脈洞が膨らみ、血管と毛細神経を圧迫して血圧を下げてくれます。

暗い所へ行けば、できるだけ多くの光を取り入れようと、眼の瞳孔が大きくなり、明るい所へ行けば、入ってくる光を抑えようと瞳孔は小さくなります。

これらはすべて無意識の働きです。

このように、現状維持機能はあなたが慣れている快適な状態をキープするために、つねに全力を尽くしています。すべては**あなたという個体を守るため**です。

しかし、あなたが変わろうと思ったとき、あなたがお金持ちになろうとしたとき、それを阻止するのは他でもないこの現状維持機能なのです。

現状維持機能は空調と同じようなシステムになっています。たとえば部屋の室内温度を25度に設定していたとします。そして、あなたの部屋の空調が前後2度の変化でセンサーが感知するとしたら、27度になるまで作動しませんよね。温度が下がったときも、やはり23度になるまで作動しません。このセンサーが感知しない26度から24度までの幅を**コンフォートゾーン**といいます。

人間が変わるためには、このコンフォートゾーンを変化させなければならないのです。

たとえば、あなたの金銭管理のコンフォートゾーンが月30万円に設定されていたら、多少の変化はあるとしても、だいたい月30万円の生活を持続することになります。

何かの臨時収入があっても、コンフォートゾーンが月30万円のままなら、現状維持機能が働いて、元の月30万円のあなたに戻してしまうのです。

コンフォートゾーンからはみ出ない程度の臨時収入なら現状維持機能は働きませんが、その臨時収入によって現状維持機能が働いてしまうと、「いつも頑張っているから、自分へのご褒美に何か好きなものを買おう」とか「このお金はいつなくなるかわからないから、何か残るものに換えておこう」などと、**潜在意識からのメッセージにもかかわら**

ず、自分では合理的な考えだと思い、急いで普段の自分に戻るためにお金を使ってしまうのです。

少しでもお金が入ると使いたくてウズウズするのは現状維持機能の働きのせいです。日常生活の中で現状維持機能に変化が起こり、生活の抽象度が変わらないかぎり、一時的にお金持ちになったとしても、またすぐ貧乏に戻ってしまいます。

この**現状維持機能のコンフォートゾーンをなりたい自分へと変化させないかぎり、あなたは変われません。また、コンフォートゾーンは暗示だけで変化させることも難しい**のです。

コンフォートゾーンを意図的に変化させるための方法については次章のＮＩＣ理論で説明します。

潜在意識にないものは出てこない……誤解されているイメージの使い方

いま部屋の壁を背にして、壁から10センチほど離れた所で、左右の足のかかとからつま先までをピッタリ揃えて直立してください。

そして目を閉じて、壁とあなたの背中が強力な磁石で引き寄せられていくところをイメージしてみてください。

どうでしょう？

壁のほうに身体が倒れていきませんでしたか？

これは頭に浮かべたイメージが暗示となり、観念運動が起きているのです。

潜在意識はイメージしたことを現実にしようとする働きを持っています。

さて、ここで言っておかなくてはいけないことがあります。

冒頭でも述べましたが、潜在意識の勉強や自己啓発の研究をしている人たちが、この潜在意識の性質を勘違いして、「イメージしたことはどんなことでも現実になる」とか「思考は実現する」などといった迷信を信じていたりします。

イメージしたからといって、どんなことでも現実になるかといえば、そうではありません し、思考が潜在意識レベルで反映されたとしても、どんな願いも叶うわけではないのです。

たしかに潜在意識に到達した暗示というのは力を持っています。

また、積み重ねられた暗示というのはとてもパワフルです。

たとえば、いま「頭が痛い、頭が痛い」と声に出して100回言ってみてください。本当に頭が痛くなると思います。でも、「私は年収1億円になる」と100回言っても、年収が1億円になることはありません。

なぜなら、**あなたの中に頭が痛くなる能力はあっても、年収が1億円になる能力はまだない**からです。

イメージや自己暗示というのは、その人の中にあるものを引き出すことしかできません。その人の中にないものは、何をどうやっても出てこないのです。

引き出すものがもともと存在しないのだから、出てくるわけがないんです。

売れっ子作家になりたくて、毎日、自分が作家として成功しているイメージを浮かべたところで、作家としての能力もないのになれるわけがありません。

自分がアメリカ人と会話をしているところをリアルにイメージできたからといって、英語の実力もなく、勉強もしたことのない人が英語をペラペラ話すことなど絶対にありません。

売れっ子作家になっているイメージを浮かべて本当に売れっ子作家になれる人は、もともと文章力やたぐい稀なる表現力を持ち合せていたにほかならないのです。

だから**成功者になる理想的な方法としては、能力をつけながらそれを自己暗示やイメージによって引き出し、また能力をつけては引き出すといったローテーションを作ること**なのです。

潜在意識はリソースが揃うまで待たない……できることだけを先にやってしまう

イメージといえば、成功哲学や自己啓発の世界では、できるだけ欲張った結果をイメージしろと教えたりします。

たとえば、「ホームランを打とうとしてヒットになることはあっても、ヒットを打とうとしてホームランは打てない。だから、お金持ちになりたいのなら、できるだけ大富豪になっているイメージをしなさい」などと教えたりしています。

また、「コンフォートゾーンを変化させるのはイメージであり、潜在意識は現実も空想も区別がついていないから、大富豪になっているイメージを鮮明に浮かべれば、潜在意識は現実よりイメージのほうに臨場感を持って、それを現実だと思い込む。だから大富豪になった自分をリアルにイメージできたら、あなたは何の努力もしないで大富豪になれる」と言ったりします。

これについては先ほども説明したように、どんなにリアルにイメージしても、あなたの中にないものは引き出すことができません。

それどころか、下手に欲張ったイメージをリアルに浮かべていると、あなた自身を苦しめることになります。

たとえば、いまあなたが工場で働く月収20万円の生活をしている人だとします。

あなたは成功者になりたくて、毎日毎日、成功イメージを浮かべています。

そのイメージが、たとえば宝くじを当てて大金持ちになり、仕事も辞めて、大きな豪邸で高い酒を呑み、まわりには美女がたくさんいて、お金を振りまいているとします。

そのイメージが潜在意識に影響を与えたとしたら、あなたは毎日が辛くて仕方なくなります。

なぜなら、いまは大きな豪邸に住む能力も、美女に囲まれて生活する能力も持ち合わせていないからです。いまあなたが持っている能力は、仕事に行かない能力とお金を使う能力だけです。

そうなると、あなたには、美女にお金を使いたい気持ちと、仕事に行きたくない気持ちが衝動的に襲ってくるようになります。

しかし、仕事を辞めたら暮らしていけないし、美女に使うお金もないので、**衝動を抑えつけるために、つねに心の葛藤が起きている状態**になります。

そして、お金がないジレンマと、嫌で嫌でたまらない仕事に重い身体を引きずって行かなければいけない辛い毎日を送るようになるのです。

潜在意識はあなたが望む成功イメージに対し、リソース（素材＝能力）がすべて揃うまでじっと待っているわけではありません。

その成功イメージと、現在あなたが持っている能力を照らし合わせて、すでに持っている能力だけが発動してしまうのです。

もしあなたが、自己啓発セミナーや成功者からの助言によって教え込まれた「成功者になりたいのなら、毎日、成功イメージを思い浮かべなさい」という洗脳から逃れられず、どうしても成功イメージを浮かべていないと落ち着かないのなら、そのイメージの中には、**浪費とか怠慢的な要素は絶対に入れない**ようにしてください。

潜在意識はあなたのために存在する……活動のすべてがあなたを守るため

自己啓発の勉強をしている人から「自分が死ぬところをイメージしてしまったのですが、私は死んでしまうのでしょうか？」という相談を受けたことがあります。

こういった悩みを持つ人は、自己啓発の世界に限らず、洗脳や暗示の勉強をしている人たちの中にもときどきいます。

でも、安心してください。**潜在意識の使命はあなたという個体を守ることです。イメージや暗示ごときで死ぬことはありません**から大丈夫です。

ときに、その守り方があなたの生活を不自由にしてしまうことはあります。

たとえば、あなたがエレベーターに乗って、たまたま地震が起こり、エレベーターの中が真っ暗になったまましばらく途中で停まってしまったとします。

あなたはこの出来事からエレベーター恐怖症になり、エレベーターに乗ることはもちろん、近づくことすらできなくなるかもしれません。

これは、潜在意識が「エレベーターは命に関わる危険なものだ」と認識してしまったため、あなたを危険から守ろうとして、それに近づけないようにしているのです。

すべてはあなたを守るためです。

もし、催眠の暗示で死ぬことがあるとするなら、サスペンスドラマを観ながらうたた寝もできませんよね。そこでは「死ぬ」とか「殺せ」といったキーワードがいくらでも飛び交っています。それでもテレビを観ながら寝てしまうことがあるのは、潜在意識が心配などしていないからです。

潜在意識は、あなたの生命を脅かすものに関しては、信じられないほどの力を発揮します。足を骨折して入院していた人が、病院が火事になるやいなや、走って逃げだしたという話もあります。火事場の馬鹿力というやつですね。

潜在意識は対応する物事の大きさに対し、エネルギーの使い方および量を調整します。

だから、どこかの催眠術師があなたに催眠をかけて「死ね」と暗示をしたとしても、鼻で笑いながら自発覚醒（催眠術師が解かなくても勝手に催眠から覚める）をするだけなのです。

これは自己暗示やイメージに関しても同じです。

スペインの芸術家サルバドール・ダリは、毎日、自分が死ぬところをイメージしてから食事をしていたといわれています。そのほうが一回一回の食事がおいしく摂れるからだそうです。しかし、ダリは84歳まで生きています。

潜在意識の使命を全面的に信じてください。

潜在意識は意識の仕事はしない……自己実現を妨げる怠慢と無知

第1章で自己催眠を習得すれば、メタ認知の状態になり、心のバイアスが外れて、あなたにとって最良の選択をしながら生きていくことができると言いました。

これは、あなたが持っているリソースの枠の中で、もっとも良いものを選ぶということです。当然この枠の幅によって選択肢の幅も変わってきます。

たとえば、経営の勉強をして、なおかつ経験もある人と、会社を立ち上げたばかりで、経営の勉強など何もしたことのない人が、ビジネスのうえで同じ窮地に立たされたとき、この二人では違った選択をするはずです。

潜在意識はあなたにとってベターなものを選びますが、選択肢の幅が広ければ広いほどベストな選択に近づけるというわけです。

つまり、あなたという枠の中で最良のものを選択するのは潜在意識の役目ですが、選択肢の枠を広げるために、知識やノウハウを身につけるのは意識の役目なのです。

英語の能力を身につけたいのなら、あなたが英語の勉強をしなければいけませんし、経営で成り上がっていくのなら、経営の勉強など、専門知識を身につけていくのも意識がしなければならないことです。

成功イメージや自己暗示をしたところで、あなたが行動を起こさなければだれもやってくれません。**自己実現の最大の敵は無知と怠慢**なのです。

ITビジネスで成功したいのなら、ITについての知識を広げていかなくてはいけませんよね。

毎日瞑想に入り、ITビジネスで成功している自分をイメージしても、家でじっとしているだけでは何も起こるはずがないんです。

意識と潜在意識はもともと役割分担があり、互いの働き方は違っているのです。**願望を達成するときに重要なのは、意識の得意分野と潜在意識の得意分野を使い分けること**です。

では、潜在意識はどれだけのことをやってくれて、自分が意識的に行動を起こさなければいけない範囲というのはどこまでなのか？

日常に変化を起こし、幸せな自分へと成長するにはどうすればいいのか？

次章では人が成長するためのノウハウ『ＮＩＣ理論』を紹介していきます。

第5章

なりたい自分に変化する
NIC成功法

催眠療法から生まれた願望達成法……心を変化させるための基本的概念

人の心が簡単に変えられるものではないということは、これまで再三述べてきたとおりです。

それでも、**人が変わるための本当のプロセスに沿って変化させていけば、どんな人でも変わることができる**のです。

これから紹介する**NIC成功法（ニューロン・インプルーブ・コントロール）は、催眠療法から生まれたもので、心の病気を治すためのプロセスが基盤**になっています。

心の病気で悩んでいる人を治す方法は、普通の人を成功者にする方法と同じなのです。

いわば**マイナスの状態にいる人を、プラスマイナス0の状態に持っていく方法が催眠療法なら、プラスマイナス0の状態からプラスの状態に持っていく方法がNIC成功法**だと思ってください。

それでは説明していきますが、NIC成功法では、まず最初に**「心の器」**について学んでいただきます。

人は、お金も、幸せも、人間関係も、自分が持っている「器」の分だけしか手に入れることができません。でも、自分が持っている器の分は、どんなに嫌がっても入ってきてしまいます。

あなたがお金持ちの器を持っていたら、いくら嫌がってもお金持ちになってしまいますし、貧乏の器を持っていたら、いくら頑張っても貧乏から抜け出すことはできません。

あなたが人の上に立つ器を持っていれば、表社会であろうと裏社会であろうと、必ず人の上に立てます。

もし、あなたが学生で、今の学校でいじめに遭っていたとします。

そしてそのいじめが長い間続き、いじめられっ子の器ができてしまったら、そのいじめっ子がいなくなったとしても、他の子にいじめられるようになります。

たとえ他の学校に転校したとして、その転校をきっかけに、いじめられっ子の器を変動させることができたら、もういじめには遭いませんが、いじめられっ子の器がそのままなら、あなたはどこの学校へ行ってもいじめられてしまいます。

下手をすれば、あなたのいじめられっ子の器が、いじめっ子のいない学校にいじめっ子を作り出してしまうことだってあります。

あなたの日常生活は、この「心の器」の影響をつねに受けているのです。

空間ができると不安定になる潜在意識……心は隙間を許さない

では、器の仕組みを日常の人間関係で説明してみましょう。

たとえば、父親、母親、祖父、祖母、姉、弟、恋人、友達など、あなたの日常に影響を与えている人たちが10人いたとします。すると、あなたの心には人間関係に関する10人分の器ができています。

そこでもし、父親が亡くなったりしたら、あなたの人間関係の器には1人分の隙間ができてしまうわけです。

人は心に空間ができると情緒不安定になるため、あなたの潜在意識は無意識にお父さんの代替えをあてがい、心の隙間を埋めようとします。

その代替えが親戚のおじさんだったり、学校の先生だったりするわけです。

つまり、あなたの人間関係の器は無意識に父親代わりになる人を作り出してしまうのです。

もし、まわりに父親代わりになる人がだれもいなかった場合は、器の隙間が自然と埋まっていくのを待つしかありません。

しかし、**器の空間が埋まってしまうまでは、情緒不安定な状態が続くので、とてもつらい思いをする**ことになります。

これは恋人で考えるとわかりやすいかもしれません。

あなたに好きで好きでたまらない彼氏（もしくは彼女）がいたとします。

朝から晩まで彼氏のことしか考えられないほどの存在だったとすると、あなたの人間関係の器は大半を彼氏が陣取っていることになります。

そんな彼氏に突然フラれたとしたら、あなたの器には大きな空間ができてしまいます。文字どおり**心にポッカリと穴が空いた状態**です。それこそ生きるか死ぬかぐらいの精神的不調をともなうかもしれません。

ところで、よくカウンセラーとクライアントが陥る「共依存」という心理状態があります。ともに依存し合う状態なのですが、クライアントがカウンセラーに依存する気持ちはわかります。でも、共依存が起きた場合、クライアントよりカウンセラーのほうが依存性が強くなるのです。

「このクライアントは私がいないとダメになる」といった気持ちは、カウンセラーにとても強い存在感を与えてくれるからです。

自分の**存在感というのは、人が生きていくためにとても重要な要素**になります。存在感がゼロになると人は生きていけません。高齢者の孤独死がその例です。

存在感の重要性でいえば、高齢者だけでなく、若者も同じです。

孤独に耐えられなくなった若者は、爆破予告をして自己顕示をしたり、ときには凶悪犯罪を犯すこともあります。

ちなみに、最近では、飼っていたペットが死んでしまって、うつ病になる人が急増していますが、このペットロス症候群も存在感と心の器で考えれば納得がいくものです。

「この子（ペット）は、私がいないと生きていけない」という思いは、飼い主に存在感を実感させてくれるため、ペットがいなくなってしまうと器に大きな空間ができてしまいます。

強い存在感を与えてくれていたペットは、器の中であなたの生命力になっていたのです。

そのペットがいなくなったら、当然、器には大きな隙間ができてしまいます。

情緒不安定になり、ひいてはうつ病になるのも否めないところかもしれません。

パターン・ニューロン……心の器の正体

潜在意識は器にできた隙間を無意識に埋めようとするのだということをご理解いただけたでしょうか？

幸せになりたいのなら幸せの器を拡張していかなければいけないし、お金持ちになりたいのならお金持ちの器を拡張していかなくてはいけないということです。

ただ、器といわれてもつかみようがなく、漠然としていて、何をどうすればいいのかわからないと思います。

そこで、ここからはわかりやすくするために、**「器」を「パターン・ニューロン」**という名前に置き換えて説明していきます。

パターンは「習慣化」という意味で、ニューロンは「神経細胞」のことです。

パターン・ニューロンでいうところの習慣化は、毎日の入浴だったり、健康のために行なっている毎日のウォーキングといったものとは少し違います。

NIC理論でいうパターン・ニューロンは、本人が気づいていない無意識の習慣のことを指します。

たとえば、あなたの職場でAさん、Bさん、Cさん、Dさんと、あなたを含めた5人のグループができていたとします。

その中でAさんはあなたにとって嫌な存在です。

あなたはAさんの声からしぐさ、そして行動まですべてが嫌いです。

あなたは事あるごとにAさんの陰口を周囲の人にあたりかまわず言いまくっています。

「Aさんに仕事を頼んだら無視されたわ‼　どう思う〜？」

「Ａさんまた明日休むんだって‼　やる気あるの？　あの人！」

「Ａさんが私に食ってかかってきたのよ‼　死ねばいいのに‼」


このように、毎日毎日、Ａさんの陰口を言っていると、いつしかあなたの中で「他人の陰口を言う」パターン・ニューロンができていきます。

すると次のようなことが起こります。

あなたの天敵はＡさんです。「Ａさんさえ職場からいなくなったら私のストレスはなくなるのに」といつも思っている。そこで、念願叶ってＡさんが退職しました。もうあなたが職場で人の陰口を言う必要はなくなったはずです。

でも、Ａさんがいなくなってしばらくすると、今度はＢさんの陰口をＣさんやＤさんに言うようになるのです。

あなたの中にある「他人の陰口を言う」というパターン・ニューロンにできた隙間を埋めるために、潜在意識は陰口を言う対象を無意識にあてがってしまったのです。その対象がＢさんだったんですね。

あなたが陰口を言わなければならなかった原因はAさんでした。しかし、Aさんが原因で生成されたパターン・ニューロンでも、**いったんパターン・ニューロンができてしまうと「器」として立派に働いてしまう**のです。

このように、パターン・ニューロンが引き寄せたにもかかわらず、ターゲットになったBさんの声からしぐさ、そして行動までが本当に腹立たしくなってくるのです。

しかし、Bさんは昨日までのBさんと何も変わっていません。変わったのはあなたのパターン・ニューロンの隙間を埋めるためのターゲットです。

あなたが「私は不幸な人間だ」と他人に同情ばかり求めている人だとするなら、最初は何気なく不幸話をしていたのだとしても、パターン・ニューロンが確立した時点から**潜在意識は不幸話をするための出来事を無意識に引き寄せる**ようになります。

すると、いつしか自分の身の上が不幸な出来事でいっぱいになっていることに気づくでしょう。

しかし、「もう嫌だ」と思ったところで、パターン・ニューロンの力は強力です。確立してしまったパターン・ニューロンは潜在的に活動してしまいます。

不幸な出来事を他人の同情を買うために輪をかけて話す。こういったことを繰り返しているうちに、**最初は意識的に行なっていた大げさな不幸話が、やがてパターン・ニューロンを育ててしまい、自分では回避できない不幸をたくさん引き寄せてしまうことになる**のです。

ＮＩＣ成功法では、通常は無意識に働いているこのパターン・ニューロンを意図的にコントロールすることでネガティブなものを排除して、ポジティブなものをたくさん取り入れることを理想としているのです。

パターン・ニューロンの確立と減退……幸せの育て方、不幸の減らし方

もしあなたが、本当に苦労ばかりしている人で、「一生懸命に苦労して頑張っていれば、いつか神様が幸せにしてくれる」などと思っているとしたら大きな間違いです。

苦労の先には苦労しか待っていないからです。

でももし、あなたが不幸の器を小さくして、幸せの器を育てることができたら、あな

たがどんなに嫌がっても幸せはあなたの所へどんどんやってきます。

ところで、私のクライアントにアマチュアボーリングをやっている女性がいます。

先日、彼女から連絡があり、「今日ボーリング大会で優勝したんです‼……今日は嬉しくてぜんぜん眠れそうにありません……。この気持ちを抑えて寝る方法ってないですか？」と言うのです。

彼女は以前から軽い不眠症に悩まされていて、いつも上手に寝ることばかり考えているのですが、こんな嬉しい日に無理やり寝ようなんて、私からすればすごくもったいないことだと思います。

嬉しい気持ちでいっぱいなら、その気持ちが眠気に負けてしまうまでずっと起きて味わっていればいいのです。そうすることで幸せの器が少しずつでも大きくなっていきます。

幸せの器を大きくするには、不幸なことを考えている時間より、幸福なことを考えている時間を1秒でも長く味わうように心掛けることです。

NIC成功法では、喜びの大きさより、喜びを味わっている時間のほうを重視します。

喜びの大きさは感情の条件反射なので自由になりませんが、長さは意識でコントロールできるからです。

また、数日後に小さな楽しみを作る習慣をつけておくのもいいですね。

ネットで買い物をして、その商品が一週間後に届くことになっているとします。商品のことを考えている一週間は楽しいはずです。

大きな幸せを一度に味わうと、恒常性維持機能によって必ずリバウンドします。それよりは、階段をひとつずつ上がるように、小さな幸せを積み重ねて、気がついたら大きな幸せを手に入れていたというのが理想的です。

それから、幸福の器を広げるためには、他人に感謝の気持ちを持つことも重要です。

他人が自分のために何かをしてくれるというのは、考えてみればすごいことです。

だから他人の行為には心をこめて「ありがとう」と言う。

「私は不幸だ」という言葉の代わりに**「ありがとう」**を言うように努力してください。

最初は努力でも、「ありがとう」のパターン・ニューロンが確立してくれれば、嫌がっても「ありがとう」を言わなければならない出来事が、あなたのまわりでたくさん起きてくるようになります。

他人に対する感謝の気持ちを持てば持つほど、あなたのまわりには人がたくさん集まってきます。人は感謝されることで存在感を味わえるからです。

また、人が寄ってこない人はお金も寄ってきません。お金は人が管理しているからです。

ここで肝心なのは、「不幸話を他人にしていると、本当の不幸がやってくる……それなら幸せな出来事を人にたくさん話せば幸せがやってくる」などと安易な考えは持たないことです。

悲しいけれど、他人はあなたが不幸になることは許しても、幸せになるあなたは許してくれません。

この件についてはこの章の最後に説明するとして、自分がやられて嫌なことは他人にもしないことです。

あなたが幸せを欲しがっているときに、他人から幸せな話を聞かされることが嫌なら、他人もやっぱり嫌なのです。他人の自慢話などだれも聞きたくはありません。

だから、あなたが**幸せな話を人に聞いてもらうためには、相手に報酬を与える必要が**

あるのです。

たとえば、あなたに1万円の臨時収入が入って、そのいきさつを友人に聞いてほしいのなら、食事に誘ってご馳走してあげることを前もって言っておくとか、おすそ分けをするなど、相手に何かのメリットが必要です。

友達や恋人は、不幸を半減させ、幸せを2倍にしてくれますが、それでも、**自分の幸せな話を他人にタダで聞いてもらおうなんて、考えが甘い**んです。

一度や二度なら聞いてもらえても、いつも幸せの自慢話ばかりしていたら他人は間違いなくあなたから離れていきます。

不幸な話はしてはいけないのに、幸せな話は報酬を与えなければ聞いてもらえない……。

どこか納得のいかない話かもしれませんが、これが幸せになるコツなのです。

不幸な生活をしている人が幸福になるとか、貧乏な人が裕福になるには、これだけの労力と努力が必要です。

それだけ潜在意識の方向を軌道修正するのは大変なことだということです。

家で瞑想や自己暗示だけを繰り返している人に、どうして自分が変えられるでしょうか？

脳は繰り返しの名人……21日間の法則

心理学者ヘッブは、**「反復した刺激作用を受け取ることにより、ニューロンの間の情報伝達構造が促進される」**と言っています。

これをＮＩＣ理論で解釈すると、「パターン・ニューロンは繰り返しの習慣によって育つ」ということになります。

いままで見てきてわかるとおり、同じ行動や外からの刺激に同じ反応をすることを繰り返していると、それが習慣になってしまいます。

他人への対応や配慮、そして普段あなたが無意識に使っている言葉や態度は、知らず知らずのうちにパターン・ニューロンを生成しているということです。

それでは、繰り返しの刺激によってパターン・ニューロンができる過程をわかりやすくジョギングにたとえて説明してみましょう。

あなたが明日の朝からジョギングを始めることにしたとします。

1日目、2日目と頑張ってジョギングに出かけます。

最初は頑張ってやっていたジョギングも、何日も続けているうちに心なしか楽になってきます。

このとき頭の中では、毎朝ジョギングをするという習慣のパイプが少しずつ太くなっていっている状態です。

そして3週間を過ぎるころには、習慣というパイプも太くてしっかりしたものになり、今度は雨天候などでジョギングができないときは、何かをやり残したようなモヤモヤした気持ちになります。

ちなみに、**習慣には「21日間の法則」というものがあり、同じことを繰り返し21日間続けていると、習慣になってしまう**のです。

ダイエットにしても「21日間の法則」を考慮するなら、最初の取っ掛かりのときのコンディションは重要になってきますよね。

心が疲れて体内エネルギーが減退しているときに開始しても、せいぜい三日坊主で終わってしまいます。

最初はあまり長い目標を立てずに、とにかく21日間続けられるコンディションが整ってからスタートすることです。

21日間続けることができたら、あとは習慣という無意識の力があなたを手助けしてくれるようになります。

一方、すでにできあがっている習慣が減退するときは、その刺激がパターン・ニューロンに影響を与えなくなってから21日間かかるといわれています。

これは、たとえば禁煙などを例に挙げると、煙草を吸わなくなってから21日間ということではなく、禁煙を意識しなくなってから21日間ということです。

煙草を吸わなくなっても、まだ煙草を吸わないための努力をしている間はパターン・ニューロンが活動している証拠です。

パターン・ニューロンがあなたに与えている影響の大きさによって減退する期間はまちまちですが、パターン・ニューロンが活動しなくなって21日間経てば、もう大丈夫ということですね。

パターン・ニューロンが生成される要因は繰り返しの刺激だけではなく、ときには瞬時にできあがる場合もあります。

恐怖症などがそれにあたります。

たとえば、海で泳いでいて、足がつって溺れかけた女性がいたとします。

そのとき彼女が死の恐怖を味わったとしたら、海という情報と死という情報を一瞬で結び付けてしまい、そのときの恐怖の度合いによっては、とてつもなく太いパイプ（パターン・ニューロン）ができあがってしまうこともあるのです。

ということは、「自分に必要なパターン・ニューロンを作ってしまえばいいのなら、荒療治のごとく、その環境に飛び込んでしまえば手っ取り早い」と思われる方もいるのではないでしょうか？

たとえば、水恐怖症の人をプールへ連れていき、水の中を歩かせれば、一発で水恐怖を克服できる。そんなふうに考えた人もいるかもしれません。

しかし、本当の水恐怖症の人をいきなりプールの水の中に入れてしまったら、顔が真っ青になって嘔吐《おうと》を始めたり、恐怖のあまり数日間寝込んだりすることもあるのです。

だから必ず「系統的」に行なっていきます。

系統的というのは、「徐々に段階を経て」という意味で、人が変化を起こすときには重要なキーワードになります。

パターン・ニューロンの定着……身体が覚えてはじめて習慣になる

人はいまの状況から変化をするとき、無条件で恐怖がともないます。

今のあなたから貧乏なあなたになるときも、逆にお金持ちになるときも、どちらに変化をするとしても必ず恐怖がともなうのです。

なぜなら、**潜在意識は変化そのものを怖がる**からです。

たとえば、溺れる恐怖が原因で水恐怖症になったとして、一度恐怖症になってしまったら、今度は治るときにも恐怖がともないます。恐怖症のあなたが普段のあなたになってしまったら、今度は恐怖症ではないあなたになるときも恐怖がともなうというわけです。

だから、幸せなあなたになるときも、裕福なあなたになるときも、恐怖突入が不可欠だということです。

しかし、催眠療法では、潜在意識の性質を考慮するので、荒療治のような恐怖突入は行ないません。

例を挙げると、たとえば犬恐怖症を治すとき、まず催眠状態に導いたら、クライアントに広場をイメージしてもらいます。

催眠状態でのイメージには臨場感がともなうので、イメージとはいえ、いきなり目の前に犬を見せたりしたら、クライアントは恐怖に怯えてしまいます。

ですから、最初は数十メートル離れた所に犬をイメージしてもらい、徐々に犬が近づいてくると暗示します。「犬が10メートルまで近づきました……さらに5メートルまで近づいてきた……」

こんなふうに徐々にイメージ上の犬を近づけていくと、クライアントは恐怖の表情を見せたり、「怖い！」と声を出したりします。

そこでリラックスする暗示を入れてから催眠を解いて、少し休憩をしてもらいます。
クライアントが落ち着いたところで、再度、催眠状態に導いて、今度は5メートルから3メートルまで近づけて、2メートル、1メートルと近づけていき、最後に触れて抱き上げるぐらいまで系統的に練習していきます。

この技法をメンタル・リハーサルを利用した系統的脱感作《けいとうてきだつかんさ》といいます。

メンタル・リハーサルの中で、犬を抱き上げることができたら、その直後に本物の犬を抱かせると、ほとんどの人が抵抗なく犬を抱き上げます。

このように、メンタル・リハーサルでの暗示が残っている間に現実世界で本当の体験をさせると、ほぼ完治まで持っていけます。

しかし、せっかくメンタル・リハーサルの中で頑張って犬を抱き上げたのに、実践はせずに、何カ月も経ってから犬を抱こうとすると恐怖が湧いてくるのです。

これも恒常性維持機能によって催眠暗示が時間とともに揉み消されてしまうからです。

つまり、勇気を振り絞るための暗示が効いている間に実体験をしなければ、たとえ催眠の暗示といえども、元の自分（犬恐怖症）に戻ってしまうということです。

したがって、パターン・ニューロンの成長を定着させるためには、現実世界での経験が必要にして不可欠なのです。

ジャンプではなく背伸びで目標を達成する……成功者としての習慣を作る

会社組織の中でも、仕事の実力や人望などは段階を経て育っていきます。平社員が主任に、主任が係長に、係長から課長、そして部長、専務、社長というように、段階を経て出世するのが通常です。

会社の規模にもよりますが、通常はいきなり平社員が専務や社長になっても現実には務まりません。ドラマや小説の世界にはあっても、現実的にはありえないでしょう。

どんなことも、その立場になって初めて見えてくるものがあります。課長を非難ばかりしている係長が、課長になったとき、はじめて前課長がよくやっていたことに気がついて感心する話はよくあるものです。

これと同じように、ひとつ目標をクリアしなければ見えないものがあります。

いきなりジャンプをして欲しいものを手に入れようとすると、だいたい失敗します。**欲しいものはジャンプではなく、背伸びをして手に入れる**のです。

たとえば、10メートルの飛び込み台からプールへ飛び込むとしても、3メートルの飛び込み台からも飛び込めない人が、10メートルから飛び込むイメージを繰り返してもなかなか飛べるものではありません。

まずは「3メートルから飛び込める自分になる」、そして「3メートルから飛び込める自分から、5メートルが跳び込める自分になる」、そして「7メートル」「10メートル」と背伸びを繰り返して、最終的な願望を手に入れるのです。

つまり、**ジャンプではなく、背伸びをして願望を手に入れるパターン・ニューロンをインプルーブ（育てる）することができたら、それ自体が無意識の習慣になるので、あとは潜在意識の後押しによって成功者の道を進んでいける**のです。

パターン・ニューロンは鍛えなければ育ちません。少しずつ鍛えて育てるのがコツです。

ちなみに、脳の機能の発達は生後5年までといわれています。それ以降は脳に新しい機能が備わることはありません。

筋肉と同じで、あとから新しい筋肉が備わることはないのです。

大人になったからといって、腕の筋肉の下に知らない筋肉がついてくるようなことはないですよね。

パターン・ニューロンは、筋肉と同じで鍛えて育てるしかないんです。

意図的にパターン・ニューロンを形成する場合、繰り返しの行動によって生成すること、そしてジャンプではなく背伸びをして目標を達成することが理想的です。

成功の秘訣は秘密主義……個人VS.集団のパターン・ニューロン

これまで見てきて、習慣が作り出すパターン・ニューロンがどれだけ力を持っているか、おわかりいただけたでしょうか？

朝の歯磨きや夜の入浴のように意識でわかっている習慣ならともかく、潜在意識レベルの習慣は自分で気づかないところで働いているので、考えてみれば本当に怖いのです。

しかし、ここで改めて考えなければならないことがあります。

それは、**あなたが持っているパワフルなパターン・ニューロンは、あなた以外のすべての人間も持っている**ということです。

あなたの生活に影響を与えている人間が10人いて、その中の一人が亡くなるかいなくなるとあなたが情緒不安定になることは説明しましたが、いなくならなくても、その中の一人が人格を変えるだけでもあなたの器に影響を与えてしまいます。

たとえば、優しかった友達が、急に冷たくなったら、あなたの心は安定を失うはずです。

ということは、**あなたが変化を起こすとまわりの人はみんな情緒不安定になる**ということになります。

あなたが変わるということは、関わりを持っている人たちのパターン・ニューロンに空間を作ってしまうことになるので、あなたが変化することを意識的、無意識的にかかわらず、まわりは必ず阻止してきます。

それが**あなたの味方であろうと敵であろうと、あなたが変わることを黙って見逃してはくれない**のです。

こんな話があります。

ある下町の保育園に通う子どものママさんたちのお話です。

いつも8人のグループで月に一度の飲み会を開いていました。いまでいう女子会というやつですね。

一人を除いて、7人は地元の地主の男性と結婚しており、広い土地にマイホームを持っています。

飲み会での話題はほとんどがご主人に対する文句や愚痴で、中にはすでに家庭内別居のような生活をしている人もいたみたいです。

そんな中、唯一ご主人と仲の良い主婦がいました。

その主婦のご主人は仕事も真面目で奥さんや家族を大事にする方です。

そして8人のうちマイホームを持っていないのはこの主婦の家庭だけでした。

それがある日、唯一マイホームを持っていなかった主婦が飲み会で「うちも家を買うことにしたの……」と言うと、他の主婦たちは「まだ子どもが小さいのに無理して家なんて買わなくていいのに……」とか「賃貸のほうがいいよ。うちみたいに隣に変な家族がいたって簡単に引っ越しもできないんだから……」などと、こぞってこの主婦がマイホームを持つことを阻止しようとします。

この主婦たちが彼女のために言っているのではないことはだれが見ても明白です。

そう、唯一夫婦仲が良いこの主婦は、マイホームを持っていないことで他の主婦たちとバランスが取れていたのです。

そしてローンの手続きも終わり、マイホームの購入が決定になると、会うたびにマイホームの購入を反対していた主婦たちも無駄な抵抗だということを悟り、今度は飲み会に誘わないという手段に出ます。

そうなると徐々に疎遠になり、旦那の悪口が話題の中心だった女子会も、いつしか仲間外れにされた主婦の悪口に変わっていったのです。

しかし、これだけでは終わらず、毎回彼女の悪口で盛り上がるようになった主婦たちは、徐々にエスカレートしていき、ある行動に出てしまいます。

じつはこのご主人と仲の良い主婦も、一度だけ会社の上司と浮気未遂をしていたのです。その一部始終を知っている主婦の一人が、この主婦のご主人に連絡をして、そのすべてを教え、おまけに主婦同士で交換した証拠のメールまでご主人に見せたりしたそうです。

未遂とはいえ、仲の良い夫婦だっただけに、こういった溝が入るとなかなか修正が難しくなります。

本当に恐ろしいですよね。

この出来事は妬みという心理も加わっていますが、やはりパターン・ニューロンの影響が大きいです。

まわりはあなたが変化を起こすとき、できることは何をやってでも阻止しようとします。人は自分が情緒不安定にならないためなら何でもすると思っていてください。

世の中には、自分を「1」守るためなら、他人を「10」傷つけるぐらい平気でやる人はたくさんいます。

マイホームを持つという目標を達成することで友人が離れていくのなら、それはもう仕方ないことです。あなたが幸せになることで離れていく人なら、さっさと離れていってもらっていいと思います。

でも、これは本来味方である家族や身内でも同じで、そこに妬みがないだけです。

子どもが芸能界に入ると言えば、たいていの親はいろんな心配事を引っ張り出して反対します。

人はみな、他人のパターン・ニューロンにギューギュー詰めにされていて隙間がない状態で生きているのです。

変化を起こそうと思ったとき、自分個人のパターン・ニューロンでさえ手ごわいのに、他人との関わりの中では、相当なエネルギーが必要になります。

人が変わるということは、それだけの向かい風に立ち向かわないといけないんです。

そこで変わるための秘訣ですが、たとえば**ひとつの目標を立てたとしたら、その目標が完全に自分の手の中に入るまで他人のパターン・ニューロンに刺激を与えないようにする**のです。目標が達成されるまで、だれにも知られないようにしてください。

つまり、願望を達成させる体質になりたいのなら**「秘密主義」**になることです。

私の知り合いでマヤの勉強をしている占い師の女性がいたのですが、ある日、彼女から「本を出版することになりました」と連絡がありました。

それほど交流の深い方ではないので、「おめでとう」と祝意だけは伝えましたが、彼女は、自分の所有するホームページやブログ、そしてメルマガと、あらゆる宣伝機関で「本を出版することになりました」と告知をしていたのです。

しかし、しばらくすると何の音沙汰もなくなり、出版の話もしなくなったと思ったら、どうやらそれがボツになっていたらしいのです。

どんな力が働いたのかはわかりませんが、彼女の念願だった出版も、目前までできて叶わぬ夢となってしまったというわけです。

こんなときも、目標を達成するまで必要のない人には内緒にしておくことです。

願望達成が近づけば近づくほど、まわりに影響を与えないように、ひそかに行動してください。そして、まわりの人が手出しできないところまできてはじめて告知すればいいのです。

本の出版なら、原稿を書き終わったところではなく、見本ができあがってきたときでもない。完全に出版されるまで、できるだけまわりに知られないようにすることです。

当然、家族や恋人にも言ってはいけません。

また、一番言いたい人に最後まで内緒にしておくのも成功の秘訣なのです。

なぜなら、**今までできなかったことを成し遂げるときには、最後の最後に「突破力」という最大のエネルギーが必要**になります。

最後の突破の際には、どうしても潜在意識の力が必要になる。

そんなとき、「目標を達成するまでだれにも言わない」と心に決めていたら、言いたい気持ちが潜在意識からの衝動となって突破力として力を貸してくれるのです。

少々良い話があったからといって、まわりに言いふらしているような人はだいたい話だけで終わっている人です。

第6章

願望を達成するリーディングシートの使い方

着実に目標を達成するツール……書き出しの効果的な使い方

第3章でも述べましたが、自分を変える方法には2種類あります。

ひとつは、**潜在意識にアクセスして心を先に変化させながら現実を少しずつ変えていく方法**です。

そして、もうひとつは**恐怖突入を用いて、現実を先に変えてしまう方法**です。

人それぞれ自分が得意なものと不得意なものがありますから、どちらを選んでもいいですし、どちらを優先してもかまいません。

しかし、人生が有限であることを考えると、一瞬で現実を変えてしまう恐怖突入は、合理的かつ有力な方法といえるでしょう。

恐怖突入といっても、そのコツを身につけてしまうと、恐怖が恐怖でなくなり、ちょっとした作業にしか感じなくなります。

心の病気で悩んでいた人が、いったん治ってしまうと有意義な日常を送れるようになるのは、この恐怖突入を繰り返した結果、現実を変える能力を必然的に身につけてしまうからです。

最終章では、現実を変えることを主としたリーディングを紹介していきます。

ここでは催眠誘導研究所独自のリーディングシート（次ページ）を使っていきますが、悩める人に対する催眠療法とは違い、このシートは願望を達成するための行程プログラムとしてわれわれが使用しているものです。

カウンセラーたちがメンタルリーダーとしてクライアントをリードしていくときに使うもので、この**カリキュラムに沿ってやるべき行動を明確にし、ひとつずつ実行すること**でクライアントは目標を達成していきます。

一つひとつの行程を重要に捉え、冷静な判断を用いれば、ひとりでも十分に進行していけます。

でももし、あなたの身近に現実的な考え方をしてくれる協力者がいたら、シートの作成を手伝ってもらってください。そうすることで無駄な労力や浪費を防ぎ、達成までの期間が短縮されるはずです。

まず、シートへの記入から始めますが、この**書き出しは、現在のあなたの思考を変化**

願望達成プログラムシート

① 目標を設定する	
② リソースの確認	
すでにあるもの	これから必要なもの
③ 価値の確認	
④ 実行途中での変化の想定	
⑤ 制御要因の見極め	

させるために重要な作業です。

これは「認知行動療法」の理論を応用したもので、簡単に説明すると、人はそれぞれが独自の潜在的思考パターンというものを持っています。

人は**無意識の行動と同じように、つねに独自の思考を繰り返している**のです。

極端な言い方をすると、物事の捉え方、考え方は人それぞれであり、うつ病の人はうつ病独特の思考パターンを持ち、成功者は成功者独特の思考パターンを持っているということです。

潜在的思考パターンは、本人は気づかないところで感情や行動に影響を与え、同じことを繰り返してしまいます。

そこで、起きた出来事を一度、紙に書き出し、そのときどんな思考の仕方をして、どう思ったかを紙の上で客観的に確認していきます。

そして考え方や行動を一度、別のものと変えてみるのです。

考え方や行動を変えてみた結果、物事に対する捉え方がどう変わったかを改めて確認していきます。

ここで紹介する願望達成のためのリーディングシートは5つのステップで構成されていて、行動を起こすための合理的な判断や、第一歩を踏み出すためのモチベーションの生成が行なわれます。

また、**手かせ足かせになっているものを明確にすることで確実に変化を遂げていくプログラム**になっています。

面倒くさがらずに、一つひとつを真剣に考えて書き出してみてください。

筆を手にした瞬間があなたの第一歩になります。

ステップ1　目標設定……願望を明確にしてはいけない

まず、目標の設定から始めるのですが、**NIC理論では「願望」と「目標」をきっちり分けて設定します。「願望は漠然と、目標は明確に」**がキーワードになります。

たとえば、現在あなたはサラリーマンで、なぜか料理に自信があり、将来、飲食店を始め、ひいてはチェーン展開したいといった夢を持っていたとします。

ポイントは**最終目標を明確にせず、方向性だけを定める**ことです。

あとで軌道修正ができるように細かい部分まではイメージしないのがコツです。

歌手を目指していた女の子が女優で大成功して、ブレイク後に歌手活動もするようになったという話は珍しくないですよね。

このように、最初から「居酒屋をチェーン展開する」といった突拍子もない願望をきっちり枠の中に入れてしまうのではなく、まずは背伸びをすれば見えるような現実的な目標を設定するのです。

あまりに果てしない願望を掲げ《かか》すぎると、潜在意識は現実と願望のギャップに疲れてしまい、やる気をなくしてしまいます。

あなたが友達とキャッチボールをしていて、友達が届くか届かないかのギリギリの距離まで離れたとき、あなたは頑張って投げてみようと思います。

しかし、200メートルも離れてしまったら、投げても届かないので投げる気持ちすらなくなってしまいます。潜在意識もこれと同じことを思うのです。

ずぶの素人が居酒屋をチェーン展開するなど現実には無謀以外の何ものでもありませ

ん。とにかく1軒成功させることです。1軒成功させることができたら、あとは同じことを繰り返せばいいのです。

チェーン展開は1軒目を成功させたノウハウを持って2店舗目に挑み、さらに2店舗目を成功させたノウハウを持って3店舗目に挑むといった展開がセオリーです。

一つひとつの成功体験がチェーン展開を成功させるための強みになっていくのです。

ここではまず「飲食」という方向性だけを決め、次に、目標となる「居酒屋」とか「懐石料理」とか、あなたがもっとも得意とするジャンルを絞り、ひとつのゴールとして設定します。

ただし、**ここに書き出した目標は絶対的なミッション**として、どんなことがあろうと途中でやめずにやり遂げてください。

一度自分で決めた目標を途中で断念したら、その時点で負け癖がついてしまいます。この負け癖を修正するには、連続で成功体験を21回繰り返さなければ元に戻りません。それぐらいの覚悟を持って、この欄に書き込んでください。

居酒屋をオープンするには、いまの自分にとって目標が大きすぎると思ったら、「居酒屋系の店をオープン」という部分を方向性にして目標を少し下げてください。

それでも大きければさらに下げればいいのです。

ただし、ここに書き込んだことは絶対にやり遂げなくてはいけません。**大きな願望を達成するにはここが大変重要になってくる**ので、ただたんに紙に書き出すといった意識ではなく、何日かかってもいいから慎重に考えて、この欄に記入するようにしてください。

ステップ2　リソースの確認……使える資源と必要な資源を明確にする

次に、願望を達成するために必要なものをすべてはじき出していきます。

何をするにしても、まず何が必要で、何を用意しなければならないのか、情報を入手しますよね。

そこで、**いまあなたが持っているリソース（素材＝能力）と、これから手に入れなければならないリソースを明確に書き出すことで無駄がなくなり、何から始めればいいかが明確**になってきます。

たとえば、飲食店を始めるのなら、まず食べ物を商品として提供するための許可が必要です。

理想的なのは「調理師免許」といった国家資格が欲しいところですが、調理師免許を取得するためには、厚生労働大臣が指定する調理師養成施設を卒業するか、中学卒業後2年以上、飲食店等の調理に関わる業務に従事し、勤務先にて業務証明証を発行してもらったのち、都道府県知事が行なう試験に合格しなければいけません。

飲食業に携わっていない人にはモチベーションが落ちてしまいそうなぐらい気の長い話ですが、これが現実です。

ちなみに、生ものを扱わないのなら、調理師免許まで取得しなくても「食品衛生管理」の資格があれば飲食店その他、食べ物を扱うための権利は得られます（調理師資格、食品衛生管理資格の取得については年代ごとに変わる可能性がありますので詳細についてては専門機関にお問い合わせください）。

そして、食品を扱う権利を取得したら、店舗の契約をして、改装工事を行ない、さらに保健所の監査を受けて経営許可をもらわなくてはいけません。

保健所の許可が下りたら、食器類を揃え、万が一に備え「食品営業賠償共済保険」に加入しておくことも必要でしょう。

うまく居抜きで店舗が見つかれば内装工事費はかなり抑えられると思いますが、お客さんが安定するまでに6カ月を見込むなら、内装工事にかかる費用以外に半年間の運営費も事前に準備しておく必要があります。

また、食材はどんなルートでどのように仕入れるかなど、核になる大事な部分ですから調査のうえ慎重に契約を進めていきます。

飲食店を始めるにしても、ざっとこれだけの段取りが必要なんですね。

頭で思い描くのと、実際にやるのではまったく勝手が違うということです。

さて、リーディングシートに戻って、**それを行なうために必要なものをすべて調べたら、現在あなたが持っているリソースと持っていないリソースに分けて、行動の順番を付けていきます。**

たとえば、資金はあるが飲食店を始めるにあたっての資格を持っていないというのなら、資格の取得から始めていきます。資格はあるが資金が足りないというのなら、貯金や融資など資金の調達から始めていきます。

ちなみに、書き出した作業をひとつクリアするごとに、いままで見えていなかったことが見えてくると思うので、そのつど必要なリソースを書き足してください。

あとから書き足した作業のほうが増えてしまうことも少なくありませんが、これは何をするにしても当たり前の話です。

ひとつ作業が増えるごとにタメ息をつくようでは、まだ心の態勢が整っていないということです。現実を甘く見過ぎている部分を修正し直してください。

ステップ3　価値の確認……モチベーションの管理は大切

次に、あなたがそれを達成することによって、どんな成果が得られるのか、改めて考えておく必要があります。

あなたが行動派で、すぐに走り出すのはいいが、いつも失敗したり、途中でモチベーションが失速するようなことを繰り返しているのなら、**「価値の確認」**が甘いのかもしれません。

ただたんに「お金がたくさんあったほうがいいから」といったようなものでは、たいていの人が途中でモチベーションを落としてしまいます。

飲食店は始めたが、儲かりだすまでに日数がかかりすぎて飽きてしまい、「おれは飲食店に向いてない。やっぱりブティックのほうがいいかもな……服には賞味期限がないから腐らないし……」**などと価値の確認が甘いと、途中でヨソの芝生が青く見えはじめるのです。**

成功者や偉人から「やってみてダメだったらやり直せばいい」という助言を聞いて、座右《ざゆう》の銘《めい》にしている人がいます。

思いきって行動を起こすためにはとても良い助言だと思います。でも、その真意を履き違えている人もまた少なくありません。

たとえば、あなたが椅子を作って売ることを目標にしたとします。

そして行動を開始したのはいいけれど、想定外の壁にぶつかるため、「これは本当におれがやることなのか？」と疑問を抱きはじめる。

そんなとき、椅子より机が大ヒットしていることを耳にして、「いま椅子なんか作っている場合じゃない」といった衝動に襲われ、「椅子はやってみたけど、おれにはダメだった。今度は机作りを一からやればいいんだ」と座右の銘を持ち出したりする。

こういった思いが襲ってきたとき、あなたは**怠慢という怪物**に襲われています。

あなたはまだ何もやっていません。椅子はまだ制作途中のはずです。

これを途中でやめて、「やってみたけどダメだった」というのは怠慢に負けている以外の何ものでもありません。

だから動きだす前に、その目標を達成することへの価値を慎重に確認しておくべきなのです。

この工程を甘んじることなく慎重に行なえば、途中で情熱が燃え尽きてしまうことはないはずです。

もし、あなたがだれかに認めてもらいたくてそれをするなら、そしてその気持ちが真剣なら、そのモチベーションは長続きすると思います。

人は本当に認めてもらいたい人物を見つけた時点で、半分は成功したようなものです。

その目標を達成するための強力なねばり強さを手に入れたことになるからです。

ただし、**憎しみを持った相手よりは、尊敬や崇拝の念を持った人に認めてもらおうとするほうが建設的かつ有効**です。

たとえば、別れた妻を見返してやりたくて成功者になろうとしているとします。

この場合、瞬発力を発揮するには最高なのですが、相手の状況がめまぐるしく変わることがあります。

元奥さんを見返すつもりでいくつもの壁を乗り越えてきたものの、風の噂で「元奥さんが借金苦で不幸のどん底にいる」と聞けば、見返したい気持ちが減少する可能性もありますし、逆に「大金持ちと再婚してセレブな生活をしている」などと聞いたら、自分の目標では元奥さんを見返すに足りないことを知り、完全にやる気を失ってしまうことがあるからです。

それよりは、女優になりたいと願っているとしたら、劇団の仲間やお芝居を教えてくれた師匠など、**リスペクトできる相手に認めてもらうことを価値として設定**したほうが間違いありません。

リスペクトしている人はその人間性を尊敬しているのに対し、憎しみを持った相手は、人間性ではなく、状況を見ているからです。人の状況というのはじっと留まってはいませんよね。

その相手の状況が変化するたびにあなたのモチベーションも変化することを考えるなら、憎しみを持った相手より、リスペクトできる相手が適しているというわけです。

もし、あなたがネットビジネスで成功したいと思っていて、どこかの教室に通っているのなら、それはそれでクラスのみんなに「すごいね〜」「よくやったね〜」と尊敬されることを価値として設定しておくのは有効です。

ステップ4　最悪を想定する……ネガティブから目をそらすのは危険

目標を達成する過程で自分にどんな変化が起こるのか、さらには、まわりがどのように変化していくのか、思いつくかぎりすべて書き出してください。

ここではポジティブなものと、ネガティブなものの両方を書き出すのですが、どちらかといえば、**ネガティブなほうをしっかり見据えて書き出すことが肝心**です。

というのは、「幸せになる」「裕福になる」「家族が喜ぶ」など、ポジティブな変化はある程度想定どおりになりますし、想定外でも目標達成に関してほとんど影響はありません。しかし、友人を失ったり、家族との時間が減るなど、**ネガティブなことは実際に起こるたびに行動力を失う原因になる**からです。

目標を達成するために大切なのは、何よりも最悪のことを想定内に入れることです。

たとえば、先ほどの飲食店経営の例なら、開業資金と半年分の運転資金を要したにもかかわらず、「まったく利益を挙げられずに半年で潰れてしまうかもしれない」といったことや、さらに「店がつぶれたことがきっかけで夫婦仲が悪くなるかもしれない」と、本当に最悪のところまで想定して、それでも**「やる価値がある」**と心の底から思えたら、そのミッションは成し遂げることができます。

あなたの潜在意識にはそのミッションを最後までやり抜く覚悟ができているからです。

このように、他の成功法が成功イメージを重視する中、ＮＩＣ成功法では失敗イメージを重視します。

ちなみに、私がショップなどの立ち上げでコンサルティングをするとき、「万が一、店が半年で倒産したとき、半年間に使った資金がまったく返ってこなくても諦められますか？初めての事業はやってみないとわからないから、最悪のこともあるんですよ」と言います。こう言うと、その人は資金を大事に使うようになります。

初めて事業を開始する人は、本格的に動き出すと、忙しさと不安で金銭感覚が麻痺してしまい、無謀なお金の使い方をする場合が少なくないのです。

だいたい半年やれば先が見えてきます。「石の上にも三年」などといいますが、半年経ってプラスの兆候が見えないようなら、まずやっていけないと思います。

資金が底をついたところで、気がついたらすでに800万円の損害を出していたとします。そこであなたがそのお金を諦められるかどうかです。

この800万円が諦めきれずに、運転資金をいろんな所から借金して、首が回らなくなり、家も家族も失った人を私は何人も見てきました。

「最悪のことを想定する」

これはミッションを行なううえで何よりも大切なことかもしれませんね。

ステップ５　制御要因の見極め……あなたの足かせになっているものは何なのか

ここで目標を達成するために、あなたの行動を制御しているものを明確にしておきます。

あなたが問題なく行動できるのならいいのですが、うまく行動できないときはこの行程を重大に捉え、手かせ足かせになっているものを追及してください。

たとえば、「事業を開始するための資金は用意できたが、子どもがもう少しで大学を卒業するので、それまでに何かあって子どもに迷惑がかかることが心配なんです」と言う人がいたとします。

それが本当に子どものことを心配してのことなのか、それとも事業を開始するのが不安なために、子どもの学校のことを言い訳にしているのか、自分の心とよく話しあってみます。

自己催眠がある程度できるようになっているのなら、自己催眠で瞑想状態に入り、自問自答してみるのもいいかと思います。

ときどき思いもよらぬ自分の心の一部分に気づき驚く人もいるみたいです。

表向きは「良い立地が見つからないからまだ動けない」とか「もう少し仕入れ値を安くできたらいいんだけどね」といったようなものが出てきますが、自己催眠で心を静め、自分の心に問うてみると、「おれが成功したら、可愛くない嫁も良い思いをしてしまう……嫁に金をやりたくない……いま渡している給料以外は1円もやりたくないんだ」などといった深層心理が顔を出す場合があります。

こういった場合、**価値の確認までフィードバックして、「本当にやるべきかやらぬべきか」をいま一度再検討**したほうがいいでしょう。

ここで、自分の願望を見直さなければならなくなり、面倒くさいと思うかもしれませんが、自分の深層心理に気づかず動き出した場合、離婚を余儀なくされて、可愛い子どもと離れ離れになってつらい思いをする可能性だってあります。

自分の潜在意識が離婚の方向に導いていたにもかかわらず、あらゆる原因を持ちだし、奥さんのせいにしたり、お金のせいにしたりと、成功を夢見たがゆえに家庭を崩壊してしまうことだってあるんです。

この行程で深く追求した結果、家庭崩壊という最悪の状態も視野に入れることができたことを良かったと思うべきです。

また、この行程での最大のポイントは「現実に基づいて行動を考える」ということです。

コントロールできない部分は作らない……確実に目標を達成するために

ある主婦は、ご主人の収入だけではやっていけず、マッサージ店でアルバイトをすることになりました。

1年ほど勤め、マッサージの技術も身についたところで、彼女は自分の店を持ちたいと思いはじめます。

まわりの主婦たちは、彼女が夢を語っているだけだと思っていたのですが、彼女の行動力は凄まじく、わずか数カ月で本当に自分の店をオープンしてしまったのです。

しかし、彼女の主婦仲間に霊感が強く「霊が見える」という人がいて、「このままマッサージの世界で仕事をしていると、命を削ることになり、10年ももたずに死んでしまう」と助言するのです。どこにでもいる自ら「霊感がある」と主張する人ですね。

彼女がマッサージ店を夢見ているときには「頑張ってね」とか「あなたならできるよ」などと言っていたはずの霊感主婦が、彼女が本当にマッサージ店をオープンすると「10年後には死ぬ」などと言いはじめる。妬み以外の何ものでもありません。

妬みとわかっていても、もともと霊や占いに影響を受けていた彼女は、この主婦の言動を気にしてしまいます。

それでもマッサージ店を閉めるわけにもいかず、私に相談してきたのですが、そういえば私もいまから20年ほど前に自称霊媒師と名乗る人から同じようなことを言われた経験があります。

そこで私が「はい、私は最初から命をかけて目標に向かっているので……」と言い返すと、気分を悪くしたのか機嫌が悪そうな面持ちになり、「あとで後悔しないように」

と言われました。

でも、私はまだ生きていますし、バリバリ仕事をしています。

当然、暗示の仕組みを知っている私は気にもしませんが、それよりその自称霊媒師が妬みに左右されて「こんなことまで言いに来るんだ」と思うと、ある意味かわいそうになったことを覚えています。

本気で目標を達成しようと思うのなら、自分でコントロールできない部分は作らないようにしないといけません。そのためには現実から足を離さないことです。

現実から離れた部分を1ミリでも作ってしまうと、プロジェクトがそこで止まります。プロジェクトが止まった瞬間からモチベーションが落ちていき、マイナス要因ばかりが頭をよぎるようになります。

世の中にはたくさんの成功法がありますが、どんな素晴らしい理論をこじつけた成功法も、この**現実から離れた要素が1ミリでも入っていたら、目標を達成するのは難しい**でしょう。

もしあなたが、現実ではないことに心が影響されたとしても、行動まで影響されてはいけません。

目標を達成するまでの間に何度も精神的な不安に襲われ、スピリチュアルなものに頼りたいと思うことがあるかもしれませんが、不安はそのままにして行動はミッションを遂行してください。

別に霊や占いを信じるのはいいんですよ。私も墓参りにも行きますし、葬式でも言われるままに行事に従って行ないます。

実際には手相とか占いに多少影響されているぐらいのほうが日常生活は楽なんです。

でも、目標達成のプログラムを行なっている間は別です。

できればひとつのミッションが終わるまで宝くじも買わないでください。

心のどこかで「この宝くじさえ当たれば苦労しなくていいんだ」といった思いを抱くと、ミッションの実現を遅らせる原因になり、やがてはモチベーションの失速にも繋がっていきます。

NIC成功法では、「可能性」より「確実性」のほうを選択していきます。

現実から足を離さなければ、必ず願望は達成されます。

「諦めなければ夢は必ず叶う」は、現実から足を離さなかった人に唯一用いられる助言です。

NIC成功法の他と違うもっとも特徴的な部分は、この「現実に基づいて行動を考える」という部分なのです。

多くの方が子どものころからスピリチュアル的な影響を受けて育ちます。

縁起《えんぎ》ばかり担《かつ》ぐ親に育てられた子どもは、存在しないものにとらわれて、大人になってからも行動範囲を極端に制限されてしまいます。必要以上に縁起を担がない親に育てられた子どもと比べたら、行動範囲に雲泥《うんでい》の差が出てきます。

子どものときの深い意識に入れられた霊的な観念は、取り払うのが非常に難しく、とても頑固です。それでも、**このとらわれから解放されなければ足かせは外れません。**

こういったとらわれがあまりひどい人は社会に適応するのが辛くなり、心の病気として扱われることもあります。

それだけとらわれを改善するのは大変な作業といえるのです。

右に行けば宝があるというのに、目の前を黒い猫が横切ったからといって左へ行く……。

もし本当に「黒い猫が目の前を横切ったら不吉なことが起こる」というのなら、黒猫を飼っている人は毎日不吉なことのオンパレードです。

でもそんな事実はないですよね。「そんなことはわかっている、わかっているけど治らない」それがとらわれです。

この部分を治さない限り成功はあなたの目の前でいつも逃げていくでしょう。

でも、このとらわれを改善して目標に向かえば、あなたは確実に願望を手にできるのです。

とらわれは本人が生きていくために障害になっていなければまったく改善する必要はありません。また、占いや手相にしても、良い霊媒師や良い占い師にめぐり逢えば、人生を好転させてくれることも珍しくありません。

しかし、確実な成功法を実行するには、このスピリチュアル的な考えはひとまず横に置いておく必要があります。

「現実に基づいて行動を考える」

この信念が一度しかないあなたの人生を有意義なものにしてくれるはずです。

あとがき　「原因型」の人生か、「影響型」の人生か？

世の中には、人に影響を与えて生きている人と、人に影響されて生きている人がいます。

これをカウンセリングの世界では「原因型」と「影響型」といっています。

俗にいう成功者は、みな「原因型」です。例外はありません。

まかり間違って「影響型」の人が成功したとしても、だれかの心ない言動や妬みからくる行動によって簡単につぶされてしまいます。

なぜなら、**「影響型」は自分の人生の舵を他人に取らせている**からです。

「原因型」と「影響型」を見分けるには、その人の発言を聞いているとすぐにわかります。


「あの人が裏切ったから私の人生は狂ってしまった」

「あの人さえいなければ私はこんなふうになってなかった」

「親が離婚するような人だったから私の結婚もうまくいかなかった」

ご覧のとおり、他人に主導権を握られていることを認めています。

「原因型」の人はこんな発言はおくびにも出しません。

成功者といわれる人間になるには、何よりも「主体性」が必要です。人生の舵取りを他人に委ねて、思いどおりの人生が送れるわけがないんです。

学校や会社でイジメに合っている人もそうです。転校や転職は自分を変える最大のチャンスだと思います。

そんなときに「親が悪い」「先生が悪い」「いじめっ子が悪い」と「影響型」を発揮していたら、唯一のチャンスがどこかへ行ってしまいます。

また、「何をやっても計算どおりにいかない……おれは運が悪いみたいだ」と嘆いている人も、やはり「影響型」の人です。

いつも**計算どおりにいかないのは、他人に対する期待が大きすぎる**のです。

その計算を合わすには、他人に対する甘えのほうを下げるしかありません。あなたが得をしたいのなら他人だって得をしたいのです。

心にバイアスがかかった状態では、こんな当たり前のことすら見えなくなります。

ぜひ自己催眠を正しく活用して、一日も早く心のバイアスを外してください。

そして「原因型」と「影響型」の違いを頭ではなく感覚で感じ取ってください。

「原因型」の人間はいつも自分の人生に責任を持っています。

船を動かすときも、舵を取る人間にすべての責任があるように、自分の船を動かすときは、自分の人生に責任を取る覚悟を持って、しっかりと舵を握ってください。

一度しかない自分の人生です。他人に舵を取らせてはいけません。


あとがきに添えて、この本を出版するにあたっての経緯についてお話ししたいと思います。

この本は、２０１６年６月に三伍館から出版された『自己催眠・心を変える技術』の改訂版です。

出版と同時に、「自己催眠に対する誤解が払拭できた」とか、すでに自己催眠の練習をしていた人たちからは「自己催眠を効果的に活用できるようになった」といった反響をたくさんいただきました。

正しい自己催眠を世に広めることができ、これで多くの人に自己催眠を活用してもらえると喜んでいたのですが、残念なことに、販売元の都合で２０１７年の10月に販売が終了することになってしまったのです。とても残念な思いでいっぱいでした。

そんな折、パンローリング社から出版の話をいただき、誤解だらけの自己催眠が、また世の中の人にその価値と可能性を認めてもらえる機会をいただきました。

この出版に関わっていただいたパンローリング関係者の方々に心より感謝いたします。とくに岡田朗考氏と丸山ゆうき氏には多大なるご協力をいただきましたこと、この場を借りてお礼申し上げます。

２０１７年12月

林貞年

■著者紹介

林 貞年（はやし・さだとし）

※催眠誘導研究所 所長
※催眠誘導研究会 会長
※日本催眠誘導研究学会 代表理事
※株式会社ニック代表取締役 社長
※婚前セラピー CEO

長年にわたる催眠の実績と労災病院勤務カウンセラー時代の経験を基に、独自の経営コンサルティングを発足。催眠心理を活用した経営コンサルティングは経営不振のショップから中小企業の業績アップに貢献している。

催眠技術指導では、初心者に対する催眠術のかけ方からプロに対する催眠療法の技術まで、個人に合わせた指導を実施。凝縮された催眠習得プログラムは海外からも高く評価されている。

メディア関係では、テレビ・バラエティー番組に出演するほか、人気ドラマの監修および技術指導を手がける。

著書は『催眠術のかけ方』『催眠誘導の極意』『上位１％の成功者が独占する願望達成法』『催眠恋愛術』『催眠セックスの技術』（現代書林刊）『催眠術入門』（三笠書房）『催眠術の教科書』（光文社）ほか多数あり、著書は海外でも翻訳され、中国、韓国、香港、マカオなど多くの地域で出版されている。雑誌にも数多く掲載されている。

ほか『催眠術のかけ方』『催眠誘導の極意』『催眠セックスの技術』『魅惑の催眠恋愛術』（パンローリング社）など、オーディオブックCDのほか、DVD「映像で学ぶ催眠術シリーズ」では『催眠術のかけ方』『瞬間催眠術』『高等催眠術の技法』『現代催眠術の技法』（現代書林）など出版し、テレビ等では絶対に見せることのなかった催眠術の裏側を公開して話題になる。

2018年２月３日 初版第１刷発行

フェニックスシリーズ67

潜《せん》在《ざい》意《い》識《しき》をコントロールする自《じ》己《こ》催《さい》眠《みん》術《じゅつ》

著　者　　林貞年
発行者　　後藤康徳
発行所　　パンローリング株式会社
〒160-0023　東京都新宿区西新宿 7-9-18　6階
TEL 03-5386-7391　FAX 03-5386-7393
http://www.panrolling.com/
E-mail　info@panrolling.com
装　丁　　パンローリング装丁室
印刷·製本　株式会社シナノ

ISBN978-4-7759-4192-8
落丁・乱丁本はお取り替えします。

催眠術初心者からプロも驚く上級テクニックまで網羅した

ベーシックな催眠シリーズ

林貞年、現代書林（底本）
各定価：本体 2,300円＋税

催眠術のかけ方

ISBN 9784775927397 CD4枚組　約278分

催眠誘導の極意

ISBN 9784775927403 CD4枚組　約270分

催眠術の極め方

ISBN 9784775927410 CD4枚組　約231分

**著作累計40万部の催眠家が明かす
潜在意識を味方につける「究極のテクニック」**

特典音声
書籍版には付いていない「心も体もみるみる健康になる自己催眠法」を収録。

上位1%の成功者が独占する願望達成法

林貞年、現代書林（底本）
ISBN 9784775982815
CD4枚組　約229分　定価：本体 2,300円＋税

心理療法から生まれた「ニューロン・インプルーブ・コントロール」という方法を用いることで速やかに人生が好転されていきます。貧乏も不幸も実は病気なのです。病気として取り掛からない限り絶対に治りません。「不幸」も「運」の悪さも無意識の習慣が招いていることです。治し方を間違えなければ簡単に治ります。

女心を誘導する禁断のテクニック!!
催眠恋愛術

林貞年、現代書林(底本)　ISBN 9784775923467
CD4枚組　約242分　定価:本体 2,300円+税

ルックス? 学歴? 年収? そんなもの関係ない。男達が求め続けた答えがここに!

婚活でも使える催眠心理術を貴女に
魅惑の催眠恋愛術

林貞年、現代書林(底本)　ISBN 9784775924730
CD4枚組　約263分　定価:本体 2,300円+税

深層心理に働きかけるテクニックの数々が貴女の恋愛観を一変させる。

"セックスは、身体のどこをどう愛撫するかではなく、脳をいかに感じさせるかにかかっている"

催眠セックスの技術

林貞年、現代書林(底本)
ISBN 9784775984598
CD5枚組　約295分　定価:本体 2,300円+税

この本でマスターする催眠セックスは、男性の欲望を満たすだけのものではなく、女性が到達できる最高のオーガズムに導くことで、パートナーである妻や彼女との絆を深めることが目的です。催眠術のシステムと、女性の性感リミットを外し、とてつもないオーガズムを与える方法が同時に学べ、なおかつ初心者でも催眠術のかけ方が身につくように構成されています。